育児の合間に、宇宙とつながる

毎日、ふと思う⑰　帆帆子の日記

浅見帆帆子
Hohoko Asami

廣済堂出版

カバー・本文イラスト／浅見帆帆子

つれづれなるままに、日くらし、硯《すずり》にむかひて、
気の向くままに　毎日パソコンに向かい
心にうつりゆくよしなし事を、
ふと思いつく何気ないことを
そこはかとなく書きつくれば、
なんとなく書いていると
あやしうこそものぐるほしけれ。
不思議なほどワクワクしてくる

吉田兼好
浅見帆帆子

２０１７年１月１日（日）

９時頃起きる。気だるく気持ちのいい元旦。

夫は早くから起きだして、奥の部屋でゴソゴソ動いてた……元旦の日に早く目が覚めたりすると、１年を無駄にせず動こう、とか思うよね。

私はお節の準備。

お節について毎年思うのは、「これを昔は全部自分の家で作っていたなんて信じられない」ということ。昔と言ったってつい20年前くらい。祖母の時代には、親戚たちもみんなが作っていた。父方の祖母の家に早くから集合して、そりゃあたくさんのお節。兄弟も多かったから従兄弟《いとこ》たちも多く、お節やお雑煮の種類やお年玉もたくさんあった。

祖父母が亡くなって親戚が集まることも減り、自宅で料亭のお節を注文するようになったけど、「きちんとした料亭のお節」でも、本当に心から美味しいと思ったことって一度もない……というか、普通のお店のものと違いがない。

これはお節以外についても言えると思う。昔は、「それ」を食べさせてくれる料亭はそこしかなかったし、そこだけの味が格別だった（のだろう、大人の世界では）。そういうものが、今の時代は普通のお店でも手に入るし、味の選択肢が増えた。絶対にここでしか食べられない（食べたくない）、という感覚もたしかにあるかもしれないけれど、特別な接待や会食以外でそこに行くのは、そのお店との昔からの付き合いや、「こんな老舗の常連」という自己満足が多かったりする。

そんなどうでもいいことをつらつらと考えながら、用意していたお節をお重に詰めて、お雑煮を作る。焼きあご出汁。出汁だけ福岡流で、あとは三つ葉と人参とお餅と菜っ葉を入れた薄い醤油ベースの東京風。

夫とふたりでお節をいただき、今年の計画を立てる。

午後、初詣へ。今の私は体調的に（妊娠5ヶ月）、寒い中を並ぶのはよくないので、年末に予約しておいた祈祷《きとう》済みのお札をいただいて終わりにした。あっさり。

おみくじを引いたら、夫も私も11番の大吉。

今年は私の弟の家に集まる。

仕事についての弟と夫の会話が興味深かった。現役の金融マンと、元金融マンの会話。男の人って大変だな、女性に生まれてよかった、なんて思ういろんな話。

そこで弟が、今後の進路について発表した。銀行を辞めて独立するという……それ自体は前から聞いていたけど、3月に決行らしい……すぐじゃない？

楽しみだね〜。それを聞いてみんなワクワク、好き勝手な妄想を語る。

お正月らしい雰囲気にすっかり落ち着いてしまったので、夕食に予約していた鉄板焼きのお店はキャンセルした。ここでヌクヌクしようよ、ということで。

続けて書き初めをした。

我が家の書き初めのルールは、今年やりたいことや望んでいることを書く、というもの。苦しい目標は書かなくていい、ということ。

ひとりが「世界進出」と書き、それに続けて「他力拝借夢実現」、「形にする」、「至福」、「新世界」など、自分にしかわからない思いをそれぞれに書いた。はじめに「行動」と書き、首をかしげて「（まず）破壊」と書く者もいた。

それから人生ゲーム。最近、弟夫婦が買ったという「激辛人生ゲーム」……とか言ったかな。借金ばかりでほとんど楽しい入金はないという人生ゲーム。オレオレ詐欺に遭ったり、ニートになったり、あやしいＩＴ企業に投資させられたりしてあっという間に借金手形を持たされるという展開……笑える。

でも今日のメンバーは、誰も最後まで借金手形を持たずにゴールしたので、弟たちがビックリしていた。

「へえ〜、これで借金ないの、珍しいんだよ。オレたちきのう、これふたりで3時間やって借金まみれだったからね」

　だって、フッ（笑）。

1月2日（月）

きのう食べすぎたので苦しい。朝食はお節の残りと、最近はまっている近所のパン屋のふっかふかの食パンのかたまり。

午前中はもう仕事。きのう決めた今年の予定をちらちら眺めながら。

午後から親戚の家へ行く。

私「ねえ、100個のやりたいこと、いくつまで書いた？」

夫「60個くらい。帆帆ちゃんは？」

私「え〜、すごい、私まだ40個になったくらい」

　今、今年やりたいことを100個書き出す、というのをやっている。小さなことから大きなことまで。小さなことだと、私の場合は、朝食の美味しいカフェを近所に見つける、などで、大きいことだと、理想の部屋を見つける、など。

　今、私たちの家はかなり仮住まい。いえ、新居はあるのですが、私が100％満足していないので気持ちが「仮住まい」。昨年入籍して、「さあ、やっと私の好きな不動産めぐり」と思ったあたりに妊娠したことがわかったので、活動が下火に……。

　親戚の家で、大変美味しい熟成肉のステーキをいただいた。お節に飽きていた私たちは大喜び。

それから麻雀をする。父も夫も、みんなよくできる……。「自分で独立して仕事をしてきた人で、特に、昔体育会系だった人たちはだいたいできるもんだよ」と夫が言っていた。なるほどね。

私は、やり方だけは知っているけど、ちょっと役《やく》を覚えたら面白くなって、3時間くらいやった。きのうの人生ゲームもそうだけど、大人になってからのゲームは本当に楽しい。

ローン!!
なんだよ…
オォ…
自分が あがるときだけ
大声になる 私…

1月3日（火）

今日から新刊の原稿を書き始めた。昨年行ったセドナの本。

セドナのことを思い出していたら、それだけで気分がよくなる。

お昼すぎにママさんが来ていろんな話をしながら、今日もふっかふかでしっとりした食パンのかたまりと、チーズのパンと、ブドウパンを食べる。

私「妊娠しているからというわけじゃないけど、もう好きなものを好きなときに食べることにしたんだ」

マ「あなた、前からそうじゃない」

今日も楽しい。

1月5日（木）

友達と会って、またまた今年の計画を立てる。

いつもは混んでいるこのカフェも、さすがに今日は空いている。

トマトのパスタがとても美味しい。


守護神や守護霊って、その人が幸せになる方向を応援しているんだな、と思う。

たとえば、今どんなに好きな人がいても、その人と一緒に居続けると幸せにはならないというものであれば、あまり応援しないようだ。これは、守護神や守護霊の声がいつも聞こえている友人から聞いたこと。

恋愛真っ最中のそのときは「なんで？」って思うけど、それはあとから考えるといつも正しいということが私の経験からもわかる。

私自身、これまで恋愛してきた人たちと結婚しなくて本当によかったと、今しみじみ思う。それは相手がひどい人だったから、というようなことではなく、今の夫と比べると、本当の意味では合わなかったからだ。合っているフリをしていただけ。そして付き合っているときから、それはうっすらとわかっていた。見ないフリをしていただけだ。それは相手にとってもベストではない組み合わせだっただろうから、お互いにやめて本当によかったのだ。

さて、病院へ。

1回目のマザークラスを受ける。歯科、産科、麻酔科、小児科、栄養士の方がいらして、それぞれにしっかりとした説明があり、とても参考になった。

私ははじめから（完全）無痛分娩を希望していたけれど、麻酔科の先生の話を聞いて、ますます無痛分娩への気持ちが高まった。母体の痛みをとるということがどれだけ胎児にも恩恵があるか、痛みをとる以外の重要なメリットなど、感心することばかり。麻酔をするというと、胎児の動きを止めてしまうかのような勘違いもあったけど、とんでもなかった。改めて、私には無痛分娩が向いている。

それから、さい帯血の話もまったく知らなかったので、驚いた。へその緒からとる胎児の血液（母親のものではなく）は、出産のときしか採血のチャンスがないらしい。将来、子供に白血病や脳性麻痺などが起こったときに、その血液を輸血することで改善したり完治するという。もちろんすべてではないけれど、かなりの確率でうまくいくことが多く、自分自身の血液だから副作用がないらしい。これはすぐに申し込もう。

終わってから、ロフトへ。

さっきの歯科医の話を思い出して、歯槽膿漏や口の中の疾患が出産にどれほどマイナスかということを思い知ったので、ヘッドの小さなハブラシと、化学性のものをいっさい使っていない安全な口内洗浄液を買う。

ついでに、２０１７年の手帳のコーナーを見てみた。今年は「浅見帆帆子手帳」を出さなかったので、私もない。でも、いまいち心に残るものがなかった……そうだ、こういう気持ちが続いたから、自分の手帳を作ったんだったな。始まりはいつもそう。自分の欲しいものが世間になかった、ということ。

1月6日（金）

午前中は本の原稿を書いて、お昼すぎに近くのカフェでママさんとお茶。

今日から、体調のことを考えて食生活を見直そうと思う。

なによりもまず、炭水化物が多すぎる。前より、食べたあとに眠くなる気がするし。次の検診のときに妊婦糖尿病の検査があるから、その日を目処にまずは頑張ろう。

それなのに、パン屋に併設のカフェなんかで会うから、帰りにブドウパンを買った。明日からやろうと思う。

帰りにふとこんなことが浮かんだ。
「自分と他人は完全に平等な存在」

1月7日（土）

3連休だ。

朝、ベッドの中で、今日は表参道のほうまで歩こう、と決める。運動もできるし、マタニティーウェアの買い物などしてこよう、なんて思ったら急に楽しくなってきて仕事をする。夫はまだ寝ている。

7時半から1時間半ほど、とても集中できた。うん、いいね、ノッテきた。

不思議なことに、今回のセドナの本は、これまでと文体が違う感じになっている気がする。妊娠がわかったときに、「これまでと違う感じ方をするようになると思う」と友達に言われて、そのときはそうかなあと思ったし、実際に現地で感じ方が変わったわけではないのに、帰ってきて書き始めたら違う文体になっていることに気づいた。

知らないうちになにかが変化……ここだよね。そのつもりはないのに変化しているというところ。これが本当の変化。

夫と表参道まで歩く。最近体力も落ちているので、20分くらい歩いただけでもう苦しい。ゆっくりゆっくりと、お腹に振動を与えないように歩く。

ちょっと見たいマンションがあったり、ちょっと寄りたいお店があったりして、思っていた以上にたくさん歩き、学生のときによく行った懐かしいカフェにたどり着いてようやくお昼。野菜カレーとBLTサンドを食べる。ケーキも買う。

帰りはタクシー。

疲れた、すごく。

ちょっと休もうと思って横になり、3時間ほど寝る。

夜は、私はダイエットメニュー。お豆腐と納豆など。夫はリクエストできつね蕎麦。


ところで、この「夫」という呼び名、日記で書いているとすごく違和感。

今一番しっくりくるのは「彼」なので、彼にする……混ぜるかも。

1月8日（日）

今日も頑張って歩こうと思っていたけれど、外はすごく寒いらしい。窓ガラスが曇ってる。

午後から雨も降るらしい。

それなら車で出かけて、麻布十番でお昼を食べて、最近できたオーガニックなスーパーにでも行こうか、ということになる。十数年前にフランスでオーダーしたムートンのコートを着たら、体がポッカポカになって、ようやく出かける気になった。

寒い、今日は本当に寒い。駐車場から歩くときも寒さがシンシンと染み込んできた。

ブリトーのお店でランチを食べて、オーガニックスーパーで買い物をして帰った。

「なんか最近、毎日すっごく楽しいんだ」なんて言ってる彼。

「着々と進んでいる感じがして」だって。

1月10日（火）

高校時代の友達とウェスティンでランチ。

色が薄くてとっても私好みのベビー用の写真立てと、食器をいただく。

ビュッフェをお腹いっぱい食べる。


今日もまたお腹いっぱい食べてしまった。

夜は長年の友人たちと、新宿区にあるお茶屋さんのような隠れ家へ。

裏路地のドアを開けると奥に茶室の空間。一晩に一組。4、5名ほど。茶室の中でしっかりと考えられた美味しい和食をいただく。終わるとバーに変わり、抹茶を使ったお酒をいただくことができる。空間と食と細部の隅々まで自分色の出た、超こだわりのお店。こんなに自分の欲求を満たした場所を作った店主は、さぞ幸せだろう。自分の好きなものを見せる形。

私も、なにかやりたい、なにか……。去年から本格的に思い始めた「秘密の宝箱」計画もそのひとつ。自分の好きなことを見せる形。

結局みんな、自分の人生で自分の好きなことを体現するのだと思う。なにか作らなくても、その人の暮らし自体がその人の好みを表している。暮らし自体がアート的な作業。

1月14日（土）

ちょっと風邪を引いたような気がするので、今日は横になって過ごそう。

きのうは老舗百貨店を経営するAさんご夫妻が結婚のお祝いをしてくださった。東京タワーの真下のビルにあるステーキハウスで、美味しいお肉をいただく。目の前の窓ガラスいっぱいに東京タワーの足。東京タワーは……鉄骨。

Aさんご夫妻との本日の会話をまとめると、「事件は常に犬の散歩中に起こる！」ということだった。面白かった！　Aさんご夫妻は本当におふたりの仲がよいのだろう、と感じさせる。

素敵な器《うつわ》をいただいた。藍《あい》色の文様もとても好き。

これくらいのサイズ感の器が欲しいなあ（ないなあ）と思っていたのでビックリ。

帰り道、「ねえ、これくらいの大きさの、こういう感じの器が欲しいってずーっと私が言ってたの、覚えてる？」と何度も彼に言って思い出させる。

1月15日（日）

まだ微熱が抜けない。

昼間、ちょっと下がったときに新刊の原稿を書いたりして、ずっとうちにいる。

夜の食事会は延期にするしかない。


ボーッとしていると、つらつらといろいろなことを考える。

子供が生まれたら、どうなるんだろう。

よく「ドキドキする？」とか「楽しみ？」とか聞かれるけれど、あまり実感がないのが今の気持ち。仕事との今後のバランスなども、まったく考えていない。

仕事の仕組みをできるだけシンプルにしようとは思うけれど、特にセーブするとかも考え

ていない。ファンクラブの活動は少し控えることになると思うけれど、あとのことはなってみてから考える。

1月18日（水）

ネイルに行ってから病院へ。

今月から2週間に一度の検診になる。

体重が予定よりオーバーしていて、助産師さんにちょっと気をつけるように言われる。この1ヶ月で2キロ増えているので、妊娠前よりすでに6キロ増えている。全部で10キロ程度におさえるとすると、あと4ヶ月で4キロしか太れない。最後がググッと太るらしいのに。「というわけで、ちょっと気をつけることにする……ちょっとだけ」と彼にライン。

妊婦になって驚くことは、日々体調が変わるということ。体内で生き物を育てているのだから当たり前かもしれないけれど、こんなに日々変化するとは……。

午後はずっとセドナの本の原稿を書く。

いろいろ思い出して、楽しい。今は、一緒に行った私の心の友である「ウーちゃん&チーちゃん」が買い物をしている場面を書いている。チーちゃんは本当に自分の好きなものに向けていつもまっしぐらで、今回のセドナでは、アワビの貝が裏返しになっていて、「ネイティブ・アメリカン」の羽がついた独特の道具を一式買っていた。ネイティブ・アメリカンが聖なる儀式をするときに、セージを炊くための専門の道具らしい。それから民族楽器も買っていた。笛とか……。

「チーちゃんは前世セドナにいたっていうの、納得だよね」

とみんなで話したものだ。

夜、買い物したものをホテルの部屋に広げて私が写真を撮っているそばで、笛を吹きながら踊り狂っていたチーちゃんを思い出して笑っていたら、お腹の子供がゴロンと動いた。

そうそう、あのときはその場の盛り上がりとムードに押されて、お腹にいた息子の名前が「セド君」になりそうだったんだよね……。

セドナはたしかに面白い場所だった。いるだけで浄化されてエネルギーがたっぷりと吸収される感じ、言うなれば、広大な神社のようなところ。

1月20日（金）

チーちゃんからすごい動画が送られてきた。

自宅でテレビを見ていたら、セドナで買ったあのリアルな道具一式（ネイティブ・アメリカンが儀式のときにセージを炊《た》くための本格的な道具）の隣に置いてあったティッシュが、1枚だけゆらゆらと動き出したという。もちろんエアコンなどはつけていなかったらしいし、隙間風なども考えられない場所だって。

動画を見ると、たしかにティッシュの角だけが折り紙のようにパタンと内側に折れたり戻ったりしている。なにこれ～！（笑） セドナグループのみんなでライン。

「これはセドナのネイティブ・アメリカンたちから、チーちゃんへのメッセージじゃない？」

「そうだよね。だって、チーちゃんはあんなにセドナのことが好きだったんだもの」

「思えば通じるってことだよね、好きなものは追っていいんだね」

「チーちゃん、ずいぶん前から現地のアクセサリーが好きだったしね」

「そもそも前世がネイティブ・アメリカンだしね」

「あんな道具まで買ってね……」

「今思い出しても、あの道具を買うって……ないよね」

と、ティッシュが動いているすごさより、道具を買ったチーちゃんはおかしいという話に、やっぱり、なった（笑）。

1月22日（日）

3月にウー＆チーちゃんが企画して、ベビーシャワーをしてくれることになった。ベビーシャワーなんて思ってもみなかった！ 楽しみだ。

子供の名前を決めた。「海外にも通用する名前」というのが第一条件で、彼とふたりスッと決まった。あとは漢字、これは字画があるのでしっかり考えないと。

夜、熱が38度を超え出したので、前に病院でいただいた解熱剤を1錠飲む。

すると、恐るべき早さで下がった。

さすがにちょっと長引いているので、明け方、担当のS先生に連絡する。

1月23日（月）

熱が再び38度を超え始めた。

熱が出る前に悪寒が襲ってくるのだけど、これがもう……骨の髄から寒い。体が硬直して硬くなる。どんなにあったかい格好をしても寒いので、布団の中で震える。

それが終わると熱の上昇開始。むしろこっちのほうが体は楽。

38・4度になったときに再び解熱剤「カロナール」を飲む。

するとみるみる汗をかき始め、本当の意味で体が楽になる。同じ38度でも、上がっているときと下がっているときの体の感覚は全然違う。

そして30分くらいで一気に36・1度に……この下がり方はどうなんだろう。この短い時間に体内温度が2度下がるって……。

担当のS先生に電話して、夫が病院にカロナールの続きをもらいにいってくれた。

当直の看護師に「本人にしか渡せない」なんて言われて足止めされ、先生に許可をもらって来ている旨を伝えた上で、今回だけということでようやく出してくれたらしい。

そういうそちらの事情のルールは裏でやってほしい……前にも一度処方してもらったもの

だし、先生の了承を経て代理が来ているんだから。

熱以外に気になるのが、後ろの右腰あたりの痛みだ。お腹が大きいことからくる重みかと思ったけど、こんなに右側だけ痛くなるかな……。

熱が引いても変わらないし。

1月24日（火）

きのうはあれから一度、また39度まで熱が上がった。

看護師さんには「一回2錠」と言われたそうだけど、私の感覚では1錠でも下がりすぎる気がする……あの急激な下がり方こそ体によくない気がしていたので、半錠だけ飲むことにした。

熱が出ているときというのは体が闘っているときだから、ただ下げるだけだと、その闘った頑張りをもう一度しなくてはならない。次に出る熱が前回よりも高くなっているのもそのせいのような気がする……。


今、夕方。

熱が少しずつ下がって、6度7分くらいで停滞。よし。

右腰後ろの痛みは変わらない。

1月25日（水）

今、山王病院の病室。なんと、入院することになった。ビックリ、信じられない。きのうの夜、右のわき腹から後ろ、背中の後ろあたりまでが急激に痛くなって夜間救急に行ったら、そのまま入院させられたのだ。まっすぐに立てないほどの痛みでかがみながらタクシーに乗った。

29日に私の誕生日パーティーがあるので、それまでになんとかするには入院して早く治療をしたほうがいいということ……。

点滴を始めたら痛みはすぐにひいた……まだ鈍痛はあるけど。入院なんてしたことないので、きのうはほとんど眠れなかった。

今朝の検査結果で、腎臓の炎症度合いがかなり上がっているので、炎症をとるための抗生剤を点滴するとのこと。普通の状態だと腎臓の痛みの指数は1以下らしいのに、きのうの私は11もあったらしい。

「相当、痛かったでしょ？」

と先生。

うん、痛かった。かがんでいないと歩けなかったし。妊娠と風邪で免疫力が下がったところに菌が入って炎症を起こしたらしい。

赤ちゃんにはいっさい影響も関係もないとのことで、それは一安心。今日もムクムクと動いている。よかった。

よし、そうとなったら、この部屋をもっと快適にするべく考えよう。

個室なので必要なものはあるけど、仕事の道具や本など必要なものを彼が持って来てくれた。リストに書いていなかったのに、アマゾンのファイヤースティックも入っている、映画とドラマが見放題のあれ。うれしい。ちゃんとポータブル Wi-Fi まで。その他、彼らしく気の利いたモノがいろいろ入っている。

朝食がきた。パン2種類。スクランブルエッグときのこのソテー。ポット付きの熱い紅茶。牛乳。バナナ。こんなに食べていいのかぁ。バターとジャム2種まで。美味しい。とてもいい味付け。

それにしても、「ベッドにテーブルがついている」というのは素晴らしいね。そしてこのベッドの動き。背中はもちろん、足だけ上がったり、膝の部分だけ曲がったり、高さも自由自在、ファーストクラスに乗っているようだ。

赤ちゃんの心音をはかり、モニターチェックをする。何回か点滴が取り替えられる。

その合間にいそいそとパソコンに向かう……悪くない。


夕方、ママさんがやって来る。今川焼きを食べてくつろぐ。

お風呂にも入っていいことになったので、久しぶりに湯船につかる。

お風呂から出てホッとしたところに再び先生がやってきて、入院は1週間くらいと聞いた。

ショック、1週間もだなんて……。

土曜までに治療が終わるために、きのうの夜すぐに入院したのに……。

とりあえず土曜の誕生日パーティーは外出許可を出してもらうことにしたけど、日曜の彼とのディナーはキャンセルだな。金曜日に退院できる可能性は絶対になさそう。

悲しい……。

部屋でひとりになってから、心を整理する。

今日一日過ごしてみて、この部屋が仕事をするには快適なことがわかった。上げ膳下げ膳で、目の前に机があり、疲れたらベッドのほうが倒れてくれる。

映画の見放題もあるし、看護師さんたちもとても丁寧だし、ホテルの個室に泊まらせていただいているようなもの。これはもう、退院までじっくりと仕事ができる環境がきた、と考えよう。

あのまま痛みを我慢して家にいたら、炎症で熱も上がっていたと思うし、もちろん仕事なんてできなかっただろうし、赤ちゃんに影響が出るなにかを発症したかもしれない。

腎臓の炎症が起きたのは、妊娠で免疫力が下がっているところへ風邪を引いて、さらに免疫力が下がったから、とのこと。そして風邪を引いたのは……と思い当たることを手帳を見ながら振り返ってみた。今年のはじめからの私の行動を思い返してみて、原因は……うん、思い当たらない。

「あのときこうしておけばよかった」とか「寒かったのに無理しちゃった」というようなポ

イントはどこにもない。

たぶん、時間が戻っても同じ過ごし方をすると思うので、後悔の必要なし。今後は、これまで私の中でレベル1だった注意度を、レベル3くらいにひきあげて暮らそう。

整理したらスッキリ！

その気持ちの変化を彼に伝え、仕事を始める。

1月26日（木）

きのうは長い一日だった。気持ちを切り替えた途端に仕事がグングンはかどり、気になっていた部分はだいたい終わった。

腎臓の痛みは、まだ夜に寝にくいときがあるけど、だいぶ気にならなくなってきた。


今読んでいる本の中の一文で、「親は胎児のうちから性格がわかる」という文章があった。そう思う。私のボクちゃんは、親の私の状況を今もしっかり理解している気がする。

なんとなく、こっちを気遣っている気が……する。

もうすぐ夕食。ここでの食事は本当に楽しみ。

同時に、現代人は食べすぎだなあと思う。8時に朝食がきて、検査などしてボーッとしているとすぐに12時の昼食が運ばれ、午後、本を読んだり映画を見たりしているうちに3時のおやつが運ばれて、さてそろそろ仕事を……なんて思っているともう6時。

6時に夕食……早すぎる……でもそれ以降はなにも食べないので、こんなに食べているのに太らない。

特に朝食と昼食が美味しい。今日の朝はフレンチトースト、昼は小さめのハンバーグとパスタとサラダ、おやつはカステラだった。

これでも栄養士さんがしっかりと管理している健康メニューだと思うと、食生活に大事なことはカロリーよりも全体のバランスだな、と思う。

仕事に疲れると、アマゾンでずっと映画を見ている。あろうことか、今は「24（TWENTY FOUR）」にはまっている。胎教によくなさそうな映画だ。でもなんとなく、大丈夫だと思う。

1月27日（金）

朝の血液検査の結果で、明日の外出許可が出た。腎臓の痛みの指数は6・3まで下がっていた。

来週はじめまでに2くらいになるといいな。

朝ご飯のクロワッサンをモグモグしながら外を見ると、今日もピカピカの青空。光がまぶしい。

ビックリする人から、お見舞いのお花が届いた。しかも、「出産おめでとうございます」の花が……（笑）。たぶん、彼女の秘書が間違えたんだね（笑）。

1月28日（土）

朝の7時半くらいから今日の抗生物質を点滴して、9時に夫が迎えに来てくれた。サロンに寄って、しばらく休む。病み上がりと妊婦というダブルの「いけていない感じ」を、お気に入りのワンピースとヘア飾りでカバーする。

友人が企画してくれた誕生日会の会場へ向かう。恵比寿の「エラン ミヤモト」。ファンクラブ「ホホトモ」のＶＩＰ会員の皆さまが日本各地からいらしてくださった、すごくうれしい。

いろんな話ができて、本当に楽しかった。シャバに戻ってきた感じ。

お料理にも愛情を感じた。

最後のケーキはイチゴがたっぷりのっている3段重ねのイチゴケーキ、本当に私好み。ヘルシーな生クリームと新鮮なイチゴがもっさりとあふれるようにのっていて、いつまでも見ていたかった……すぐに食べたけど。

企画してくれた友人たちに感謝。

夜は、夫と青山のイタリアンへ。

本当は、明日に別のお店を予約していたのだけど、外出許可の出ている今日に変更。

ここは去年の誕生日にも来た思い出の店。

去年からの1年を振り返って、幸せな気持ちに浸る。

病院の門限時間、8時半を10分すぎて大急ぎで戻り、点滴につながれる……。

1月29日（日）

今日は私の誕生日。

入院中毎日、お腹の張りをチェックする機械を朝と夜につけて30分ほど計測するのだけど、張りはまったくないらしい、よかった。

我が息子は元気すぎ、動きすぎで、心臓の音を探り当てるのが大変らしく、やっと見つけても、グルグル動いてしまって計測できないようだ。

きのうはあまり眠れなかったので、昼食を挟んでウトウトする。

2時前にママさんが誕生日ケーキをふたつ持ってやってくる。はじめにチーズケーキを買ったら、あまり美味しそうじゃなかったそうで（笑）、チョコも買ったんだって。

トップスの正方形のホールケーキ、久しぶり。ウーちゃんとチーちゃんも到着。チーちゃんが一粒がとても大きなイチゴをお見舞いに買ってきてくれて、みんなに誕生日をお祝いしてもらう。

考えてみると、私は40年前の今日、ここで生まれたんだよね……。え？　結構すごくない？　40年前の今日、ママがここに入院していたってことでしょ？　感慨深い……。

ウーちゃんから素敵な話を聞いた。

ウーちゃんが昨年の秋からずっと祈っていたことが、信じられない形で現実になったというもの。「棚《たな》からボタ餅《もち》」のような実話。

「豊かになりたかったら、日頃から豊かな考え方をしていないとダメだよねー」という話になった。もうそれが実現しているつもりで暮らすこと。

かなり興奮するキラキラした話で、「ワーワーキャーキャー」やっていたら午後のおやつが運ばれ、看護師さんから「楽しそうですね～」と言われる。患者じゃなければ、「ちょっとご一緒にどうですか?」と誘っていたところだ。

なにかを望んでいるときって、それがもうかなっている「つもり」になると（そしてそれを本当に信じ込めると）、それだけでテンションが上がる。その気持ちを維持しなくちゃね。

そしてウーちゃんの話は、ウーちゃんの実力だと思う。

ウーちゃんの毎日を過ごすエネルギーが、「棚ボタ」と同じようなワクワクしたエネルギーだったということだ。いつも神様に祈っていたし、自分で描いたイメージと同じようにワクワクと行動し続けていた。

祈りの力と実践力。すごいなあ。私もその方法でいこうっと。

今晩からお祈りしようと思う。


夜、面会時間ギリギリに彼が花束と一緒に到着。

1月30日（月）

退院した。1週間、長かった。入院中はそれなりに忙しく、結構あっという間だったのだけど、一日一日を思い出すと、やっぱり長かった。

最後、腎臓の炎症値は1・6まで下がっていた。

退院手続きを部屋で待っていたときに、今日の担当の助産師さんが突然、ご自分のいろいろなことを話しだしたので驚いた。過去のこと、現在のこと、恋愛や仕事のことなど……私があの手の本を書いていることを知ってて話しているのかな？　と思うほどに真剣だったので、私も真剣に回答した。途中からファンクラブの「ホホトモ」さんと話しているような気分になった。

それにしても、病院に1週間もいると、助産師や看護師にもいろいろな人がいるなと思う。この世界にも、まあ、いろいろなことがありそう。

はあ、家に帰りつくだけで疲れたので横になる。

全身の筋肉が落ちているような気がする。

2月1日（水）

きのうと今日は休養の日。

息子の名前の漢字を考えたり、映画を見たりする。

久しぶりに夕食を作る。きのうはロールキャベツとポタージュ、揚げ野菜、茗荷《みょうが》のサラダ。今日は焼き豚と野菜のテリーヌ、豆ご飯。

2月2日（木）

気持ちのいい冬の晴れの日。

ウーちゃんとチーちゃんとママさんと、いつものカフェに集合。

健康であるとは素晴らしい。パスタとパンケーキを食べてから、近くで洋書のセールをしていたので10冊ほど買って配送にしてもらう。

2月6日（月）

妊娠してから、かつてないほどインターネットのありがたみを感じている。

買い物は大助かり。今日もアマゾンからなにかが届く。

そして、ネット上にあまりにもたくさんの情報があることにクラクラする。妊娠、出産関係……びっくりするほど様々。

でも、他の人の体験談って、どう考えても「他の人の感想」だ。なにかについての意見や感想を読んだあとに、自分の考えが変わったことって一度もない。むしろ、山のような情報を見て、ますます「自分の思っている道を行こう」という気持ちが強くなる。

ウーちゃん&チーちゃんから、誕生日プレゼントにネスプレッソマシンが届いた。

これで美味しいコーヒーを飲もう……出産したら。


今すぐごくお世話になっている、ある女性とランチをした。

思っていた通りの感じの方だった。

こういう人、私は好きだな、と思う。そして出会って数回の人によく言われることをまた言われた。

「帆帆子さんって、女子っぽい人だと思ってました」

いえ、全然。

私は、私の思う「女子っぽい人」と話していると疲れる。


午後は久しぶりにパパさんと買い物。新宿のコンランショップへ。一時、コンランの商品にはまったパパさんは、相変わらずショップの若い店員さんたちをよく知っていた。

誕生日なので、サロン用の椅子を4脚買ってもらう。同じブランドで1脚ずつ別の形にした。本当は5脚欲しかったのだけど、同じ素材のものがなかったので、4脚。それから、石に香りのオイルを閉じ込めたルームフレグランスも。

パパさんの場合、最近は一緒に買い物に行くことが親孝行。そしてできるだけおしゃれをして行くこと。今日も、実家から持ってきてもらって数年ぶりに着た派手なオレンジ色のコートを着ていたら、喜んでいた。

2月8日（水）

午前中、ネイル。

7歳男児の母である担当の女性と、妊婦話で盛り上がる。先月の入院騒動の話なども楽しく報告。

終わってエレベーターに乗ったら、ドアが閉まるときにお店の中から「浅見さん、携帯!!」という声が聞こえてきたので、できるだけ早く戻ろうとボタンを連打したら、各階を押してしまい、もっと時間がかかる。

次々押して
結局全部押した

スタバでドーナツをふたつ。チョコクリームが中にも上にもたっぷりかかっているもの。

それを食べて、午後は休憩。

夜は以前から食事の約束をしていた年上の女性と会う。最近、食事の約束が多い。出産が近くなると会えなくなるので、今のうち。

ラッキーな人生……言うなれば開運の道を歩んでいる人は、「即行動」が徹底しているなあと思う。そしてすべてを必然と捉える。

たとえば、「自分のおじいさまがふと浮かんだのですぐにお墓参りに行ったら、住職さんとバッタリ会ったのでおじいさまのためにお経をあげてもらった、そしたら数日後に会いたい人と仕事でつながった。これは間違いなくおじいさまのおかげ」という具合。それがとてもシンプルでわかりやすく、感銘を受けた。

運がいい人（というか、表現はなんでもよいのですが）、流れのよい幸せな人生を歩んでいる人（と本人が心から思っている人）と、そうではない人との違いは、この「起きた物事を必然と捉える、物事をよいほうへ捉える」ということをどこまで信じて日常で実践しているか、その違いだけな気がする。その深さ、日常への浸透度合いが違うだけ。

私も24歳で『あなたは絶対！運がいい』を書いたときには、それらがうっすらとわかっていた。その深さに年々感心して、日常での実践率が上がった。でも、言葉にすると、考え方としてはあの頃と同じ。

「そんな考え、はじめて知りました」という人は稀《まれ》で（またはそこまで考え方の違う人とは出会わないと思うので）、すでに知っていた「それ」を、どこまで本気でやっているかどうかだ。

そう言えば、きのう夫が、なぜか突然「(私の家の)お墓参りへ行こう(まだ行っていないから)」と言い出していた。私としては、なんでまたこの寒いときに？　もう少し暖かくなったらでもいいんじゃない？　と思っていたのだけど……今日のこの話を聞いて、すぐに行こうと思った。

それからもうひとつ、その女性と話していて、私が将来やろうとしている「空間作り」の話になったとき、「やってしまえば、あとからなんとかなってくるものよ」と言っていたのも印象に残った……そうだよね。私も気持ちが高まったらすぐにやってしまおうっと。

大事なことは気持ちの高まり、盛り上がり。それがマックスになると、ほうっておいても動き始める。だから、気持ちを作っている段階こそ、大事。

日常生活で、神様やご先祖様の恩恵をきちんと受けている人の話、その道を知っているだけではなくて、歩んでいる人、そういう人の話にはとても刺激を受ける。

2月9日(木)

ネスプレッソマシンで、カプチーノを淹《い》れる。

そんなにたくさん飲まなければ、妊婦でもたまにコーヒーを飲んでも問題ないらしいので、また飲もうっと。

午前中、サロンに、このあいだ買ってもらった椅子が届いた。

サロンの、以前は寝室に使っていた部屋に、壁にくっついている備え付けの引き出しがある。よく、ホテルのベッドサイドについている、壁からボコンと飛び出している台。ボタンひとつで寝室の調光ができて、目覚まし時計などがついているあの台。とてもよくできているのだけど、その隣にベッドを置いていない今は……邪魔なだけ。備え付けの家具というのは作ってはダメ、というインテリアの鉄則を思い出す。

ということで、これを自力で外すことにした。

こういうときのママさんのお決まりの言葉「人間がやっていることなんだから、よ〜く考えればわかるわよ」ということで、今回もよ〜く考えて、台の引き出しをはずしてみたら、奥についているネジを2本はずせばいいことがわかった。簡単にとれた。

前、ここに引っ越してすぐのときに、もともとついていた黒い鉄製のオブジェを、別に頼んだ内装業者さんに外してもらおうとしたら、「ああ、これはすごく大変ですねぇ」なんて大げさな作業になることをにおわしていたけれど、その人たちが帰ってから例によってよ〜く見てみたら、床の近くについている小さなネジをひとつ外したら簡単にとれた。ああいうお商売をしている会社の未来は長くはないだろう、と思ったものだ。

ひとつ、今回の面倒な点は、ここに電気のコードがまとまって入っていること。これを切らないと、台はとれても調光板が垂れ下がったままになってしまう。

「これはさすがに電気屋さんかな」

「あら、ここで調光ができなくなってもいいんでしょ？　だったら大丈夫よ」

と大胆にブチンと切断したママさん。

その後をビニールテープでクルクル包み、あっという間に完了。

私たちがこういう作業を（意外と）自分たちでする一番の理由は、業者さんに頼むと日数がかかるからだ。思い立ったそのときにいろいろしたい。特に模様替えなどは、すぐに家具を動かしたりしたいものだ。

さて、2回目のマザークラスに出る。
今日もまた大変ためになった。話はどんどんリアルになっていく。骨盤からどんな様子で赤ちゃんが出てくるかという模型を使った話など、驚く。

はじめは横向きで出てくる赤ちゃんは、途中で骨盤に合わせて回転しながら出てくるらしい……すごいな。母乳マッサージの話もリアル。前回、話を聞くことができなかった人たちのために、もう一度無痛分娩の話を聞いたけど、改めて、無痛分娩以外に考えられない、と思った。胎児への酸素供給や、母体の疲労によるデメリットのところなどを聞くとますます。特に山王病院は、専門の麻酔医がずっとそばについてくれるので、それがなによりの安心材料。産婦人科医が麻酔までかけてしまう病院もあるらしいので。

終わり頃から雪が降り出した。部屋中に妊婦がいるので、雪が降り始めた途端の先生たちの、「すぐ終わりましょう、早く帰りましょう」というスピードがすごかった（笑）。

臨月まで、あと3ヶ月。

今さらかもだけど、クラシックは胎教にもよいらしいから、これからはテレビがついているときもバックにクラシックを流しっぱなしにしておこうと思う。「24」なんて見ていても、バックにクラシックが流れていれば緩和されるかもしれないし。

2月10日（金）

スマホサイト「帆帆子の部屋」の今月のシークレットルームは、「私の健康への心がけ」にしようと思う。このスマホサイトの更新も、出産したら続けられるだろうかと思うけれど、それもまあ、そのときに考えよう。

2時に夫と一緒にアメリカンクラブへ。1回目の披露宴の打ち合わせ。今日は慈恵医科大学のカンファレンスがあったとかで、混んでいる。担当のWさんは、長年、この業界一筋のベテランだった。以前は、ホテルの披露宴担当にいたという。

ボールルームを見せていただき、今後の進め方の大枠をうかがい、たくさん資料をいただく。どんな形のパーティーでも引き受けてくれそう。私たちが今決めているのは、大人っぽいシックな披露宴というところだけ。そして希望している日にちは、同じ日のお昼に入っている宴会がキャンセルになったそうで、時間も自由に決められるらしい。一日に一件のほうが、慌ただしくなくてお互いにラッキーだ。

次は不動産めぐりで、担当の人がアメリカンクラブに迎えに来てくださった。

今日も雪が降っていて、寒い。

はじめに見た数軒は、どれも違った。その後、はじめから希望していた「ホーマットシリーズ」をひとつ見ただけで、気持ちが上がる。やっぱり私はホーマットのスタイルが好き。外国人用に設計されているこの広々感。リビングは最低30畳。玄関のゆったり感もキッチンの無駄な広さも、いい。玄関からどこにも段差のない解放感もいい。そしてほとんどが絨毯。40年以上前からこの質が用意されていたことに改めて驚く。候補は2軒。

ひとつは250平米近くあり、ちょっと家賃がもったいないのでは？　ひとつは庭があるのだけど、内装が古びている。どちらにもジムがあり、屋上には広々したバーベキュースペースも。うーん、「いまいち、帯に短し、たすきに～」だね、と小声で話す。

数日前から、お腹が頻繁に張るようになったし、外はどんどん寒くなるので、今日はここまでにして家に帰る。

ゆっくりお風呂に入り、夕食の準備。

餃子と、具だくさんに煮込んだけんちん汁のような味噌汁と、トマトのサラダ、牛蒡《ごぼう》のお浸し。体が重くなってきてから簡単なメニューで申し訳ないなと思うのに、それをうれしそうに食べる彼。

「家に帰って、帆帆ちゃんがいると思うだけで癒される」

なんて言ってくれて……。

今赤ちゃんの体重は約1キロ。これから最後の10週間で赤ちゃんは約3倍の体重になるそうだけど……これ以上、一体どこが大きくなれるのだろうというようにパンパン！

2月13日（月）

今年になってはじめての茶道のお稽古へ。

私の体調と先生の御年を考えると、あとちょっとで終わりかな……と思いながら。

テレビに自動録画されていた番組を消去していたら、あまりのクイズ番組の多さに驚いた。

クイズって、その場で考えて答えを出すようなものならともかく、知っている人だけが答えられる「知識の量を問うもの」をやる意味って、なんだろう。しかも、似たような内容ばかり、こんなにたくさん。

「IOT（Internet of Things）」を扱っている番組も録画されていた。そうそう、これはオンタイムでも見ていて、すごく感心した番組だった。ひとつひとつのモノがインターネット化して、相互につながるネットワークの話。

去年の12月頃、ボタンを押せば自動で注文できる「アマゾンダッシュボタン」が日本に上陸した。たとえば洗濯の途中で洗剤がきれたら、たとえばキッチンでミネラルウォーターがなくなりそうになったら、そのボタンを押すだけでいつもの商品が届くというもの。サイトを開いて会員ページにログインして、お買い物履歴から前回の商品を探す時間は、もういらないということ。

こんなものは、人工知能やスーパーコンピュータ（スパコン）の技術のわずか一部なので、これ自体には驚かないけれど、ビックリなのは、商品化されるまでの時間がどんどん早くなっていること。

去年、人工知能とスパコンについての話を聞いたときは「商品化までに数年かかる」とされていたものが、しばらくすると年単位で早まっている。ドローンが出てきて、ほんのちょっと経ったら誰も驚かなくなったように、現実になるまでの時間が短い。

世の中が向かっているこの流れと、多くの民放局で流れているあのクイズ番組の差を感じずにはいられない。

簡単に言えば、難しい漢字や多くの知識を知っていることなど、すぐにスパコンにとって替わる。それによって、人間が無機質なロボットになってしまうことは決してなく、より創造力が豊かに、より人間らしく生きることができるようになるということだ。

この「アマゾンダッシュボタン」だけについて言っても、モノを注文するまでの時間を減らして、できた時間を、自分の好きなことや興味のあること、魂を燃やせることにあてられるようになる。効率化することによって、本来その人がやりたいことに向かえるようになる。それが本当の発展。

その後、続いて録画されていた、ある小学校の教育プログラムの番組も非常に面白かった。「考える力を養う」ということに特化した教育をしている小学校。

たとえばその学校の小学生たちに、身近の日常的な話から世界の問題、日本と自分の将来などについて質問してみたときの返事がすごかった。それぞれが個性にあふれ、素直で、子供らしく無邪気な上に自分の意見がしっかりとある。日本の社会や世界の問題についてきちんとした基本知識があった上で、自分の意見を自分の目線で話している。その「生きた知識」は、先生に押しつけられたものではなく、自分の興味あることを研究したからこそ、だろう。

屁理屈やあげあし取りが展開されるような「秀才の会話」ではなく、「放課後なにをして遊ぼうか」と「世界の問題」が同じテーブルで語られている……。

そんな教育をしているために、この学校では受験指導などいっさいせずとも、超難関中学に合格する子供が多いらしい。たぶん、大学は海外だよね。

こういう子供たちにとってスパコンや人工知能は、自分の興味のあることをより深く学んでいくためのツールにすぎない。間違っても、ロボット化されることはないし、むしろ逆に感じる。平均的な知識の詰め込みがない分、自分の興味のあることをとことん追求していく姿勢は、もはや研究者。

そして、スパコンの浸透によって、「資格」というものはなくなっていくだろうな、と思う。

「それ」を始めるときに専門知識は必要なく、そこはスパコンに任せればいい……人間のやるべきことは、その情報を使ってどのくらい人を楽しませることができるか（幸せにすることができるか）、どのくらい自分がワクワクできるかという、自分の中にある想像力（創造力）を具現化していくことだ。

人とのつながり方も変わるよね。知識の詰め込みが必要なく、社会的な立場や肩書が意味を持たなくなるようになる時代に最後に残るのは、人柄のよさや、相手との違いを認める本当の意味での思いやりなどだろう。そんな目に見えない波動で人は人を選び、つながるようになるはず……。簡単に言うと、「なんとなく合う、好き、ワクワクする」という基準だけで人と付き合っていくようになるのだ。

今は理想論に聞こえても、空を飛ぶカメラ（ドローン）を昔の人が信じられなかったように、いつの間にか生活に浸透していくはず……そう思うと、これからの自分がすること、選ぶこと、その方法など、すべての基準がはっきりしてくる。

自分の直感がすべて。そして他者との違いを認めること、みんな違ってみんないい、を本当の意味で理解すること、それさえできれば、あとは自分の好きなことに邁進しようと思う。

家族にも、そういうふうに生きてもらいたい。

2月14日（火）

きのう書いたことを読み直して、なにをアックなっているんだ？　と冷静に思う。

学生時代の後輩Mちゃんが、はじめてサロンに遊びに来た。

私の息子に、自分の子供（今5才の男の子）の昔のベビー服やきれいなおもちゃをたくさん送ってくれた。かわいいものばかりでとてもうれしい。

そうそう、Mちゃんってこういう感じだったな、と思い出すおしゃべりの仕方でキャハキャハ笑って帰っていった。男っぽい話し方なのに、いつも女子っぽい印象の残るMちゃん。なんだか明るい気持ちになる。

2月15日（水）

スパイに追われる夢を見て目が覚める。

「半分、叫んでたよ」と彼。

「TWENTY FOURを見るの、控えようかな」

「え？　まだ見てるの？」

「そう……」

今、セドナの本の写真を編集する作業に入っているけれど、今思うと、ホントに妊婦でよく行ったなあと感じる険しい山々。先生も、よく許可を出してくれたよね。

いや、正確には出していないよね。

妊娠のあいだは、本当は「安定期」というものはないらしいから。

私の担当の女医先生は、本当にいい人で心が和む。この先生にお願いして本当によかった、と毎回思う。

やっとベビーベッドを買った。

ファミリアを見たけれど、結局、ネットにあった同じような感じの別のものにした。木製の白いベビーベッド。

決め手は、布団カバーや頭のまわりをガードする「ベビーベッドガード」にデザイナーズギルドのものを見つけたから。イギリス留学時代にはまったインテリアファブリックのお店。こんなにかわいいものがあるなんて、ネット販売、万歳という気持ち。

午後、広尾のマタニティーウェアのお店へ行く。

来月にあるベビーシャワーのテーマカラーがブルーなので、それに合わせた衣装を探しているのだけど、なかった。紺色のワンピースとカーディガンを買ったけど、もっと派手なものが欲しい。

2月17日（金）

8ヶ月目に入り、ますますお腹が重くてだんだんと腰痛が……。

最近の私の楽しみは、今後、彼と行こうと思っている外国のことを妄想すること。

とにかく結婚してすぐに子供ができたので、ふたりだけで海外に行ったこともないのだ。

「私が行きたいと思っているところはね……」

「知ってるよ？（笑）帆帆ちゃん、その話好きだから、もう10回くらい聞いたもん」

さて、今日のランチは、スタイリッシュなYちゃんと優しいC姉さんが自宅に遊びに来てくださって、ワイワイと過ごす。

ママさんに、デパ地下でいろいろと買ってきてもらった。テーブルからあふれそうなほど。楽しかった。

2月20日（月）

今日は、三笠書房のHさんと、河出書房新社のIさんと、宝島社のKさんと、女性だけでランチ。私の担当編集者さんたちは、みんな本当に面白くて個性的で楽しい。私と同じくらいの妊婦であるIさんが、私の半分くらいのお腹のサイズでビックリした。

ひとり目は男の子で、今度は女の子だそうで、つわりがひどくてほとんど食べられなかったんだって。

え？　それにしても、私のサイズと違いすぎる……。


最近、吉本ばななさんのエッセイを読んでいるけど、ばななさんはやはり変人だと思う、よい意味で。はっきり言っておくけれど、変人に憧れている私にとって、「変人」というのは最強の褒め言葉だ。

私は、「あの人に会いたい」というような人への熱意がまったくと言っていいほどないのだけど、ばななさんだけは、ごにょごにょ話しているお茶の間の会話をそばで静かに聞いていたいな、と思う人だ。

2月22日（水）

29週のスクリーニング検査というのを受ける。

問題なし。

息子の顔の写真を撮ってくれた。ビックリ！　こんなにはっきり写るなんて！！！

そして、思っていた通りの顔だったことにも驚いた。この1ヶ月ほど、息子の顔が想像できていたのだけど、それとそっくり。

なぜか、想像の中の我が子は、
いつも
柱の陰から
ジーッとこっちを見ている図

2月24日（金）

数日ぶりにネスプレッソマシンで作ったカプチーノを飲みながら、もっともっと枠を外して生きたいな、とまた思う。ばななさんのエッセイを読んだからか、それによってなにかが触発されたのだろう。

不思議なことに、彼といると、それができそうな気分になる。世界が開けていきそうなこのワクワク感。絶対に、舞台が海外にあるこの感覚……。

舞台ってなんの？　誰の？　……それはわからず。

2月25日（土）

今日は彼のお母様と弟さんをサロンにお呼びしているので、朝から料理の支度に忙しい。掃除も念入りに。最近お腹が重くて床の拭き掃除をしなくなったので、これを機会にじっくりと。

メインはロールキャベツにした。

彼のお母様は、究極に「物事のよい面を見る」を実践されている方だと思う。お会いするたびにそう思う。

夫とお母様の会話が静かな漫才のようで、いつもとても面白い。そしてまたいつものことながら、弟さんも本当にいい人。はぁ……私もいい人になろうっと、とか思うくらい。

2月27日（月）

今日も食事会が続く。

昼間は茶道の友人2人。夜は共同通信の人たちと。

着々と太る私。

2月28日（火）

今日は、おしゃれなYちゃんと優しいC姉さんと、日焼けのTさんと銀座のサバティーニへ。もうすぐなくなってしまうので、その前に行っておこう、ということで。

店内は、このお店らしい年配のお客さんが多くて落ち着いた。

そして相変わらず、どれを頼んでも美味しかった。ボリュームも調整してくれたし。


このあいだ、2人目を妊娠している編集のIさんが、「もう夜の外出を控えているので」と言っていて、そうか、そういうものか……と思った。少し控えようか……。

でも、私が好きな大作家先生が妊娠したときのエッセイには、私の何倍も動きまわっているすごい記録が書かれていて、そのあまりの行動の変化のなさ、あまりの無茶な出かけっぷり、あまりの食べっぷりに驚いて、ご本人に連絡したら、

「私、もっともっといろいろしでかしたので、堂々とのんびりしてね」

と返信がきたので、

「え？　あれ以上にどんなすごいことが……」

とドキドキした。

まあ、人それぞれだよね。人それぞれでいい、これでいい、ということを本当の意味で理解すると、ほとんどの悩みはなくなると思う。

3月3日（金）

10日ほど前に、夫の友人から「軽井沢で使っているガラスのテーブルをもらってくれる人〜」という連絡があった。詳細を聞くと、うちにピッタリ！！！！

「うち」といっても、私のオフィスと母のアトリエと家族との自宅と、どこに置くのがベストか検討中。とりあえず私のオフィスに置くことにして、「ぜひいただきたいです！」と連絡してもらう。

で、今日、その机が搬入された。

はじめ、一般のエレベーターで運ぼうとしたけれど、無理。なんと言っても、260×90センチのガラスの板が2枚もある。

このサイズのガラス板は、普通は外から吊り下げて搬入するべきものだそうなので、当然一般のエレベーターに載せることはできず、非常階段のコーナーを曲がるのもギリギリ。

正確に言うと、ガラス板なのでふちや角が壁に接触すると一気に割れる可能性が高まるらしい。「運んでいる途中、どこにも触れずに運びたい」とのこと。

しかも非常階段は幅が狭く、梱包を解かないと入らないそうで、無垢の細長いガラス板が、コンクリートの壁数センチのところを急な階段で上っていくというのは……恐い、恐すぎる……よくみるとたわんでる、キャー。しかもものすごい重さらしい。途中で、持っている人が重さに耐え切れなくて、または手が滑って下に落とし、ガッシャーンと割って……というところを何度も想像してしまい、あわてて打ち消す。

今から実家に向かってもらうか、別日に庭から搬入するか、途中で割るか……どれもありそう……。

←壁とガラスの
キョリ数センチ
たゆんでる…
こわい〜
こわすぎる〜〜

ところが、この搬入している人たちが「ものすごくよい人たち」だった。

どう考えても厳しそうなのに、なんとか搬入する方法を考え、ひとつの方法がダメとわかると黙々と次をためし、途中で応援の人を呼ぶことも検討して、大粒の汗をかきながら何時間もかけて運び入れてくれた。運んでからも2枚のガラスを丁寧に磨き、設置にずれがないかを何度も確認し、そのあいだ、必要なこと以外はいっさいしゃべらず、ニコニコと作業をして帰っていった。

脱帽、驚愕、感謝……を通り越して軽いとまどいを覚えたほど。

そう言えば、ママさんによれば、軽井沢の別荘の改装でお世話になった地元の施工業者の人たちも、ものすごくいい人たちだったらしい。

なんか、真摯《しんし》な気持ちになる。

自分の仕事に誠実に向き合うだけで社会を変えられる、という代表例。

おさまったテーブルで、丁寧にお茶を淹れる。

3月4日（土）

テーブル、いいねえええ！！！

シンプルなガラス板。オフィス（サロン）は、もともとガラスの天板の机や、壁が一部ガラスのところなどが多いので、ずーっとここでいいかも。

そうなると、今まで使っていた丸いガラスのテーブル（これもガラスの天板むき出し）を自宅に持っていって、あれをこっちに、それを向こうに、これは実家に戻し……とまた私の頭は様々なインテリアの妄想で膨らむ。

ベビーシャワーの準備も着々と進んでいるらしい。それに備えて、ネイルをブルーにした。ブルー地に白の水玉。イースターの卵のよう。

3月7日（火）

ああ、早く生まれないかなあ……。

「あ、でも生まれたら終わりじゃないんだった、始まりだった、ハハハ」

「ちょっとぉ、頼みますよ〜」

と彼。

出産とその後の準備が佳境に。

今日は、哺乳瓶を決めるのに数時間かかった。あまりの種類の多さにクラクラする。圧倒的にデザインのかわいい海外ものは、乳首が他のメーカーのものと代替不可能だったり、でも、母乳の感覚を失わない素晴らしい工夫がなされているものもあり、結局海外ものと日本製をとりまぜて4本買う。

それらを洗うベビー用の洗剤、煮沸する道具一式、バスタブ、ベビー用のシャンプー、ボディソープ、ガーゼや綿棒、爪切りに体温計など、いろいろある。

いくつか比較するけど、あとはパッと見たときの印象でどんどん決めた。一番決めるのに時間のかかったものは、温度や湿度が一度にわかる時計。心にくるものがなかなか見つからなかったので。

昔はこれを全部自分で買いに行っていたかと思うと……とまた思って、インターネットに感謝した。

セドナの本のカバー……一度決まったのだけどなんだか違うような気がして、その気持ちが止まらなくなり、夜中に考えて変更する。

こういうときのモヤモヤ感って、いてもたってもいられなくなる。そして、それを解決すべく、すぐに行動に移すことになる。

3月10日（金）

出産のときの自分のプラン、「バースプラン」というのを提出するので、いろいろ考える。たとえば、生んだ直後に授乳させるか、とか、退院するまでに母乳が出ないときには粉ミルクは与えていいか、砂糖水だけにするか、などから始まって、細かいところまで様々な希望を出すことができる。ほんっとうにいろいろ考えることがある。迷うポイントはないけれど、こんなにたくさん決めることがあるとは思わなかった。

セドナの本を出すKADOKAWAからカバーの変更OKの返事がきた。

かなり思い切った変更だったのでドキドキしたけど、『あなたは絶対!運がいい』を書いていたときに戻った感触。

3月12日（日）

今日はいよいよベビーシャワー。ここにくるまでに仕掛け人のふたりがいろいろと進行状況を教えてくれていたので、それが実際はどんなふうになっているのか楽しみ。

10時頃にママさんがうちに来て、支度を手伝ってもらう。お腹が重いので、おしゃれをするのも一苦労。

そこからタクシーで会場の「椿山荘」へ。

チーちゃんに案内されて一足先に、ママさんが会場に入る。

時間になったので会場前に行くと、ブルーのベビーシャワーのバルーンがたくさん立っていた。哺乳瓶の形とか、かわいい、かわいすぎる。

会場へのドアを開けたら、まばゆい光がドバーーーーーと入ってきた。向こう側にある窓からの光を受けて、テーマカラーのブルーの洪水!

ひゃお、これは素敵。すべてのデコレーションが大胆にかわいく、そしてシックに工夫されている。

3つある丸テーブルのあいだを歩いて、メインデコレーションがされているテーブルに案内された。

うわあ……ブルーに包装されたプレゼントがたくさん積まれてる。

ちょっとした置物やデコレーションにもセンスあり。

これらは全部ウー&チーちゃんの同級生である表参道のフラワーショップ「パ・ド・ドゥ」の田島さんがやってくださった。今日もスタッフを引き連れてやってきて、みんなに手際よく指示を出し、最短時間で効果的なデコレーションをしてくれたという。お花のデコレーションがされているバスケットも、見たことのないような個性のあるカゴに、私の好きな野草や、庭で摘んできたようなさりげなく可憐な花がたっぷりと盛られていた。各テーブルの中央には、お魚や水玉模様の子供用トランクが積み上げられてタワーのようになっている。

その段にたくさんのガラス瓶が配され、そこにもさりげなく淡い色合いの花たち。席次表が入っている入れ物は乳母車の形。室内のところどころに、私のダイジョーブタを使ったパネルやバルーンなど。

とにかく全体の風合い、色合いが派手なのにシック。さすがフランスでも活躍している田島さんだけのことはある……。

ウーちゃんが始まりの挨拶をして、私が一言挨拶をして乾杯！

私は3つのテーブルを25分ずつまわった。今日は、ファンクラブの「バリ島ツアー」に参加してくださった「ホホトモ」さんたちが、全国から集まってくださっている。

「あなたは幸せだねえ」と、息子に心の中で話しかける。

プレゼントタイムには、それはそれはたくさんのプレゼントをいただいた。

おくるみやタオル類、息子の洋服類、写真立てやオルゴールなどおもちゃ類、定番のダイパーケーキ、ダイジョーブタのアイシングクッキーなどもあった。

プレゼントの主旨を一生懸命説明するホホトモさんたちが、とても愛らしかった。ひとりひとりと写真を撮る。

興奮しきりでクラクラする。楽しい時間はあっという間。


終わってから、ウー&チーが泊まる部屋に移動してママさんも一緒に4人で乾杯。

ホッとして、今日の様子を回想する。

ホホトモさん、ありがとう。ファンクラブの人たちにこんなふうに祝っていただける日がくるなんて……。いつか、この様子を息子に語るのが楽しみ。

3月13日（月）

はあ、きのうのベビーシャワーの余韻《よいん》に浸る。

いただいたプレゼントを全部テーブルに並べて写真を撮る。

はあ……あなたは本当に幸せ、とまた話しかける。


赤ちゃんが生まれるのに備え、今までの車は2ドアだったので新しい車にすることになった。

夫が欲しいのはゴツゴツしたジープのような車種だそうで、その車高の高さはどう考えても赤ちゃんを連れて私が座席に上るのは無理そうなので今度にしてもらい、次の希望のものに決まった。

3月14日（火）

久しぶりに素敵な出逢いがあった。

墨田区で長いこと繊維工場を経営されているK社長。夫の友人で、「帆帆ちゃんと絶対に話が合うから」と言われていて、やっとお目にかかることができた。

久しぶりに視野が広がった。

簡単に言えば、本当の意味で頭がよく（視野が広く）、それを机上ではなく実質的な生活に活かしている人。

Kさんのお子さんに対しての教育の話にも興味をひかれた。日本の公《おおやけ》の機関、たとえば美術館や博物館、オーケストラなどには、（知らないだけで）素晴らしいものを気楽に提供してくれている仕組みが（実は）たくさんある、というところ。そういう「公」の仕組みやサービスって、利用したことがほとんどまったくないけれど、単純にもっと目を向けようと思った。

このすがすがしい感じ
久しぶり
未来が
拓けていく感覚

Kさんにおススメされた「マイケル・ムーアの世界侵略のススメ」というDVDを借りて帰る。

マイケル・ムーア監督が、欧州の素晴らしい制度や仕組みを今のダメダメなアメリカに持ち帰る、というドキュメント映画（２０１６年上映）。

たとえば、イタリアでは有給休暇が８週間もあるんだって（へ～！）。フィンランドでは、すべての小学校で宿題をなくすことを国の方針とした結果、学力レベルが世界トップレベルになった。学校は「子供が幸せになるのを教える場所」で、どの小学校でも同じ質と教育方針が維持されているんだって（へ～！）。ノルウェーでは囚人に快適な個室（家）が与えられ、社会と人間の尊厳に貢献する素晴らしさを思い出させることが刑罰の目的で、殺人発生率が世界一低いんだって（っへ～！！！）。

他にもいろいろあった、驚愕で称賛に値する素晴らしい制度。

日本は……大丈夫だろうか、頭の固いお役人たちは、こういうものを見ているだろうか、とまず単純にそう思った。きのうKさんも言っていた。

「だいたいさあ、人生を楽しんでいない人たちが作るから、プレミアムフライデーとかになっちゃうんだよね（笑）」と。

ほんとほんと。就業時間を短くすることが人生の質の向上につながるという考え方自体、まったく想像力がない。


夜は、友人カップルが結婚のお祝いをしてくれた。

企画してくれたHさん夫妻のようなカップルになりたい。

3月15日（水）

私は、子供を授かってから、仕事に対して一層ワクワク感が増えた。特にこの1ヶ月。どうしても体力的に厳しくなるので執筆のスピードについてはスローダウンしたけど、世界の広がり方についてはよりクリアー。

長いことかけてイメージをあたためてきたことで、だんだんと引き寄せられてきた様々な要素の中から、自分が実現したいこと、私の好みに合うものをまた取捨選択、そうやって少しずつ少しずつ理想の形が固まってきたような気がする。それを固めるために、世の中のいろんなものを見る、という感じかな。

なにかを実現するときには、実はこの「イメージを固める段階」が一番大事だと思う。気持ちが100%になってしまえばあとは動くだけだし、その動きにも無駄がなくなるから。

いや、無駄なことはひとつもないのだけど、イメージが固まっていない段階から見切り発車のように動き出すと、イメージが固まっていない分だけあやふやなものを引き寄せやすい。

もちろん、その途中で面白い出会いや発見があるので、それはそれでいいのだけど、イメージがしっかり固まってからのほうが、具現化するという意味では早いと思う。

きのうの映画を、夫と一緒にもう一度見る。

「もうさ、日本にいる必要、特にないね」

と、幼児教育からフィンランドに移住する可能性をかなり真剣に検討する。

「ちょっと調べてみるね」

とネットで調べた一番はじめのページにこんな一文が……。

「移住したら大間違い、日本のほうが絶対にいい！」

ウケた。

私たちはサラリーマンではないので、どこかに突然活動拠点を変えることへの「普通の不安」はあまりない。ただ、だからってフィンランドに移住すればいいかというとそういうことでもない気がする。今はフィンランドに対して「青い鳥」状態になっているだろうしね。

どちらにしても、親が広い視野を持つことは大事。

うちの家族と子供にとって、なにが必要か。


新しい車の件だけど、今、マンションのコンシェルジュから連絡があって、今のうちの駐車場（立体式）だと車高が高すぎるらしい。

ガーン……。そして、車高に余裕がある立体式と平置きは、どちらも空きがないらしい。

ガーン……。どうしようか……。これまで使っていた駐車場は、車高が1・5メートルまでという低いところで、全体から言えば数は少なく、他のほとんどは車高2メートルまで収容できるらしい。これまでのうちの車は、車高の低いスポーツカータイプが多かったので考えたこともなかったけど、たしかにSUV型は入らないかもしれない。

コンシェルジュのKさん曰《いわ》く、「唯一の方法は、車高のある駐車場に停めている人で、普通サイズの場所でも入る車のお宅の人に交換してもらう」ということらしい。

う〜ん……それしかないのかなあ……。なんだかなあ……。


考えていても仕方ないので、気分転換に数年前の『毎日、ふと思う』を読んだら面白くて笑えた。

急に、さっきの駐車場の話は意外とうまくいくんじゃないかな、と思えてきた。だって私が逆の立場だったら、「いいですよ」と言うと思うし。

まあどっちにしても、一番いいようになると思うので、もう考えるのはやめ。返事も明日以降に……。

3月16日（木）

お腹が重くてご無沙汰していたので、「いつものあそこ」へお参りへ。

駐車場のこともお願いする。

やっぱりお参りは清々《すがすが》しい。


帰ってきたら、コンシェルジュのKさんが出てきたので、駐車場の件、やはりどなたかと交換できないか頼んでもらえるようにお願いしてきた。

部屋に戻って1時間後くらいにKさんから連絡あり、

「なんとかなりそうなので、今日の午後、契約できますか？」

とのこと。

え？　そんなに早く？


ということで、先ほど新しい駐車場に再契約してきたんだけど、ミラクルがあった。

なんと、たまたまこれから売りに出る部屋があるそうで、そこの駐車場が車高が高く、取り替えてくださったそうだ。駐車場がセットではない物件でよかった!!

ありがたい！　そして、ラッキーすぎる！！！
Ｋ「そのことをひょいと思い出しましてね」
帆「Ｋさんのお陰です～！！！」
Ｋ「そちらの日頃の行いがいいんですよ」
帆「みんなの行いがいいんですね」

3月17日（金）

あの駐車場のラッキーは、絶対にきのうお参りしたおかげだと思うので、さっそく今日、御礼参りへ。

最近いいなと思ったアマゾンプライムの映画は、小林聡美主演の「パンとスープとネコ日和」。あんなふうに、自宅の夕食を、健康的で美味しいおつまみ数点と美味しい日本酒、というようなスタイルにしたいなと思う……無理だな。

他に、同じような雰囲気でボーッと見ていてよかったのは「しあわせのパン」。

3月18日（土）

起きたら、10時近かった。

お昼すぎ、彼と近くのリニューアルしたサンドイッチ屋にパンを買いに行く。

とても気持ちのいい若者4人が働いていた。カツサンドとバジルの卵サンドと揚げ野菜のサラダとキウイジュースとグレープフルーツジュースをテイクアウトにする。

ここは「本当に美味しいもの」が出てくるタイプのお店だなとわかった。カツをすぐそこで揚げている香ばしい音と香り。待っているあいだに、出てきた美味しいルイボスティー。

「ここって、いつも工事しているイメージがあるんですけど」

と、マスター的な男の人に話しかけたら、

「そうなんです。一生完成しないんじゃないかと思って」

とか言っていた。

「サグラダファミリアみたいだね」

と彼。

サンドイッチはやはりものすごく美味しかった。

おとといの駐車場のときも思ったのだけど、なにか行動を起こすときには、そのときの自分の気持ちの状態が結果を左右すると思う……と書くと当たり前のように聞こえるけれど、たとえば、会社の上司に企画書を出したとする。後日、その企画についてさらに進んだ話をすることになった。このとき、自分の出した企画自体によい感情を持っているのは当たり前だけれど、その打ち合わせをするときの自分の気持ちの状態がまったく別のことについてイライラしていたりモヤモヤしていたりしたら、そのときは進めないほうがいい、ということ。

逆に言うと、うまくいかせたいことに対しては、別のことについてでもなんでもいいから気持ちを上げたワクワクした状態で臨んだほうがうまくいく、ということ。

たとえば、コンシェルジュのKさんに「他の部屋と駐車場を交換」という話を聞いたはじめは、なんとなくモヤモヤもした……そういうときはしないほうがいい（タイミングが悪

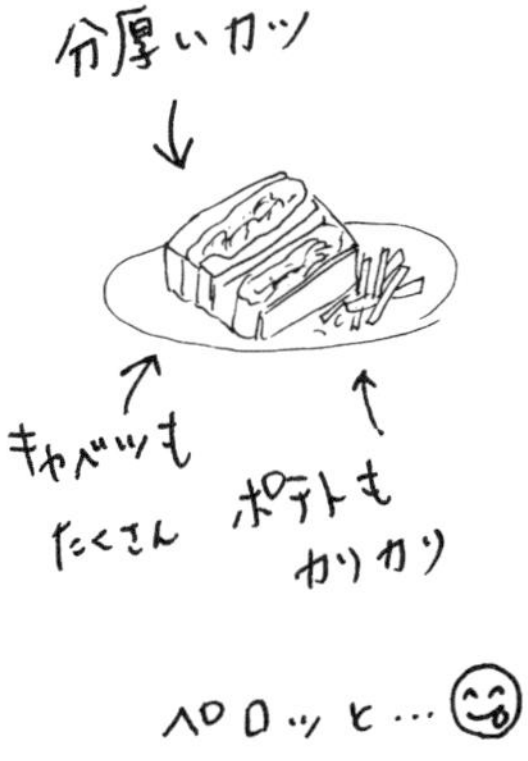
分厚いカツ
キャベツも
たくさん
ポテトも
カリカリ
ペロッと…

い）ということ。

今回も、そのあとお参りに行って清々しい気持ちになっているときにお願いしたら、うまくいった。

いつも、自分の気持ちがよい状態になるように工夫すること、清々しくワクワクした状態で動くことが、実現させやすいコツだと思う。

3月20日（月）

出産前に会っておく人との約束もだいたい終わり、静かになったので、今後やりたいと思っている執筆以外の仕事について考える。

「秘密の宝箱計画」がまさにそれ。世界中から私の好きなものを集めるような感覚。今日も、ベッドの中で静かにそのことを考えながら、ママさんに電話して気持ちを盛り上げる。

まだ踏み出さないのは、イメージが固まりきっていないから。日々、いろいろと希望が変わるからだ。

夢って、「自分にできることを信じる力」と、「こうしたい、こうなりたい、こういうものが好き、という欲求」の両方が重なると実現力が増すと思う。

たとえば洋服のお店をやろうとするとき「私、絶対にそういうことができるような気がする」というのが信じる力で、「とにかく洋服のことを考えているとワクワクする、好き」というのが欲求だ。信じる力×欲求＝夢実現。

朝の連続テレビ小説「べっぴんさん」の録画を見ながら、朝食。

今週は、「キアリス」（ファミリアの前身）が、これからお母さんになる人への思いを込めた映画を撮影するシーンだった。

このタイミングでこれを見るとは……。考えてみると、「べっぴんさん」の放送は10月から、私の妊娠がわかったのも10月から。そして、ファミリアのお店作りにも、今後の私に必要な要素がたしかに隠れている。

3月29日（水）
だんだんと、子供が生まれる実感が湧いてきた。
楽しみすぎる。

ああ、もうこの待っている時間が長い……暇！

ベビーシャワーのときの風船が、だんだんしぼんできている。クマの風船がダラーンとたれさがって、天井にぶら下がっているみたい。

3月30日（木）

午前中、打ち合わせ。

最近、打ち合わせなどで人と会う前に、今日の目的、というか、この集まりになにを一番望むかを自分の中で明確にしてから会うようにしている。

仕事のときは当たり前だと思っていたけど、改めてきちんと意識すると、結果がずいぶん変わる。

そう、今日は意識的にこれをしたのだ。なぜなら、打ち合わせの前にある人から電話がかかってきて、思わずイライラしてしまい、これから大事な打ち合わせなのに！　と思ったので、気持ちを切り替えるためにも、今からの打ち合わせの望みに焦点を定めたのだ。

そうしたら、万事とてもうまく流れた。いい感じ。

午後、新しい車が納車された。

ディーラーさんが、いろんな付属品をプレゼントしてくれた。

「他になにか必要なものがあったら、プレゼントさせていただきます」と言われたときはなにも思いつかなかったのでリクエストしなかったら、赤ちゃんのシートを座席に付けるときに座面が傷つかないために敷くシートとか、事故の場面を録画してくれるレコーダーとか、「え？　こんなによいものをくださるの？」というものをたくさんいただいた。

３月31日（金）

彼を見送って二度寝したら、９時近く。

今日は９時半から12時頃に下水管の掃除の人が来るので、慌ててお風呂場の掃除をする。キッチンと洗面所も。去年は外出していて定期掃除をしてもらえなかったので、今回はぜひとも！

赤ちゃんが生まれる前でよかった……、そう、最近考えてみるといろいろと流れがいい。あの駐車場のラッキー以来、続いてる。

キッチンと洗面所とお風呂場の下水管掃除をしてもらって、すっかり綺麗になった。なによりも、「家に人が入る」ということで私がやった大掃除のおかげでピカピカ。

お昼すぎ、ママさんと一緒に赤ちゃんグッズがすべてそろうとされている大型専門店に行った。サイトで見て「行かなくていいんじゃないかな……」と思ったけれど、「妊婦で行かない人はいない」みたいな感じだったので、一応行った。

が、思っていた通り、行かなくてよかった。まったく必要なし。後輩Ｍちゃんに言われていた通りだ。

「まったくテンションが上がらないですよ」って。

さびれた大型スーパーの2階のようなここでは、たとえ爪切りひとつでもテンションが上がらないので、なにも買わず。やっぱり平均的な評判というのは当てにならないな、と思う。それは今後、子供にまつわるあらゆることでもそうだろう。平均って……知る意味あるかな?


新しい車はすこぶる好調。

車高がある車は眺めがいい。まだ車幅がちょっと慣れないので、毎回「今日も安全に運転する」と呪文をかける。


フジテレビの「訂正させてください」という番組の2時間スペシャルを見る。

ヒロミって、すごいなと思う。とても男らしい。これはモテただろうし、なにをしても成功するタイプだと思う。

当時、お笑い芸人とアイドルが結婚するのはご法度とされていたそうだけど、それを普通にやってのけた松本伊代もすごいと思う。でもたぶん、自分の本音のままにしただけだろう。

そして、今すごく幸せなふたり。

ヒロミが松本伊代のキッチンの使い方について、(ヒロミから見たら)信じられないルーズなエピソードを話していたときに、彼が「……帆帆ちゃんみたい（笑）」とつぶやいていた。

4月1日（土）

数日前に届いた、友人たちがプレゼントしてくれた「ルンバ」が、お利口すぎる！！！チョロチョロとした細い毛ばたきで隅々の埃《ほこり》をかき集め、勝手にホーム（充電器）に戻るところなど、本当にかわいい。

一度、厚手の絨毯に挟まって動けなくなって「起こしてください」と言われたときなんて、「ああ、ごめんごめん、もっと早く気づけばよかった」なんて言って、ペットのようだった。こうやって少しずつ、ロボットが家の中にいるのが当たり前になっていくのかも。

今週、私は1週間連続で夕食を作った。おおおお！　やればできるな……1週間なら。でも、1週間以上になるとレパートリーがなくなってくる。というか、買い物に行くのが思った以上に大変ということがわかり、さっそく、野菜は無農薬の宅配に切り替えた。これまで、宅配と買いに行くのを半々にしていたけど、これからは宅配に頼ろう。日用品もほとんどアマゾンにしたので、ずいぶん楽。

これ、彼が前から言ってた。「買い物は宅配にしたほうが楽だよ」って。

たいていいつも、彼の言っている通りになる。

4月3日（月）

今日から朝起きたときに「今日、ものすごくいいことが起こる」と宣言することにした。

さて今日は、私の心友Oさん（60代男性）に会う。昨年、ご自宅で結婚のお祝いをしてくださって以来だ。

Oさんは今、歴史の本を書いているんだって。久しぶりに歴史の教科書を読んで、文章のつまらなさに辟易したと言ってた。わかるわかる（笑）。

美術館の絵についている解説などもそう。どこまでが主語？　というくらいに、主語と述語がわかりにくく、あえて難しい説明をしているのかと思うほど伝わらないことも多い。専門家が学術的な見地からだけで書いちゃうからだろう。Oさんの書いているものは、歴史に登場する「あれ」が、現代（史）のどれにつながるかわかるように書くらしい。読んでみたい。

私がこれからやりたい「秘密の宝箱計画」の話をしたら、それを始める「土地」の話になり、「具体的にどのあたりで、どのくらいの金額の土地なの？」なんて言われたので、今のイメージを伝えたらビックリしていた。みんなたいてい、私がイメージしているより小規模なものを言ってくるんだけど、そうじゃないんだよね。

昼間、ママさんのアトリエから積んできた家具を、彼が駐車場から運んでくれた。このマンションはめったに人に会わないのだけど、自分たちの手で大量に家具を運び入れたりしている人とか、いるのかな……。みんな代理の人が動いていて、こんな現場的な動きをしている住人はいなそう……（笑）。でも、私は（インテリに関してだけは）この過程が好き。さすがに今の私は指示を出すしかできないけど。

4月4日（火）

2日ほど前からまた一段とお腹が大きくなった、苦しい。いつも、一段階大きくなってからしばらく、それに慣れるまでが苦しい。

今は、少しでも前のめりの姿勢でいると、あとから気分が悪くなってくる。きのうOさんと話しているときもそうだった。興奮して話していると、ついね。それに、人と会っているときにふんぞり返っているのもなんだしね。

ウー&チーちゃん、占い師のキャメ（キャメレオン竹田）ちゃんがオフィスに来る。

キャメちゃんはずーっと前から私の本を読んでいて、会いたいと思っていてくれたんだって。同い年の風変わりな女子。いつも金髪のカツラをつけている。ひょうひょうと話し、感情の起伏がなく、人見知りで、本音で生きている。

学生のときはさぞ「変わっている人扱い」をされていただろうなあと思う。キャメちゃんの会社の名前も、「株式会社透明人間」だし……（笑）。

桜が咲いている。ランチの行き帰りにほんの少しだけ見る。

連載している「まぐまぐ」に、「大人の女性」について質問があったので考えてみた。

私の思う「大人の女性」とは、「自足している人」だと思う。

自分で自分のことを満たすことができる人。

自分の中に答えを見つけられる人。

たとえば人間関係において、（詐欺《さぎ》のような事件はここでは別にして）ある特定の人に「ひどいことをされた」と被害者意識になるのは、実は「自分はそういうことに巻き込まれてしまうレベルの人間である」ということであり、自分のなにかを振り返るときだ。「相手がひどい人であった」と言えば言うほど、それは「自分もひどい人だった」と言っているのと同じことだ。相応のことしか起こらないのだから。

「大人の女性」は、まわりのせいではなく、自分がそういう次元の現象に関わってしまった意味を自分で見つけることができる。

そして「大人の女性」は、世間の判断に頼らない、気にしない。自分の考えが世間と同じだろうと違おうと、自分の考えで動くことができる。逆から言えば、自分の考えで動いているから、「あの人はひどい」という自分勝手な判断を人に話すこともない。

たとえば、子供が学校でいじめられたとする。このとき、敵とみなした原因に対して、「あの子（人）はひどいわよね」と一緒になって悪口を言うのは同じくらい子供。「大人（の女性）」は、「そんなことはまったく気にすることはない、そこでいじめられていることが事実だとしても、それはあなたの未来になんの悪影響もない」ということを言い切ってあげることだ。これも、原因を他人のせいにしているかどうか、で分かれる。

4月5日（水）

仕事が、とてもはかどった一日。

出産前に予定していたところまでは全部終わった。

これでもう、仕事について出産前に気になることはなくなった。まぁ、まったくないわけではないけれど、いついつまでに絶対、というものは少ない。

この自由な素晴らしい時間、なにをしようか、とソファでゴロゴロする。

ゆっくりと掃除ができるのもうれしい。出産前に、隅々をきれいにしておきたい。

夜、食器洗浄機の一部に汚れがついているのを磨いていたら、なんと、今までとれないと思っていた底の部品がとれて、中がカビで真っ黒になっていた。

そこを掃除していたら、さらに部品がとれることがわかり、そこからドロッとした汚いものが出てきて、震える。

あまりのすごさに彼を呼んで、ふたりで見入ったくらい。

そこから本格的な掃除モードへ。キッチンに椅子を運んでもらい、よっこらしょと腰を落ちつけて掃除にとりかかる。

4月6日（木）

今日はあったかい。7時に起きて、「あそこに桜を見に行こうよ」と彼が言うので、すぐに出発。

ムフ、誰もいない。いつも誰もいない、秘密の桜。

あったかいというのは大事。こうして活動的な気持ちになるもんね。

スタバへ。いい気分でいろんなことをペラペラ話し、途中でふと気をつかって静かにしたら、「どした?」とビックリされた。

帰り道、急に幸せの波が襲ってきた。
私「そういうことって、ない?」
夫「ああ、あるよね」
私「そういうときね、今どうやったらその波に入れたんだっけ? って研究してるの」
夫「なるほどね(笑)」
私「でもたいてい、そうなる前にこういうゆったりした気分で自然に浸ってボーッとしているときにそれが起こるかな」
とか話す。
さて、これから検診。今日から毎週になる。

4月7日(金)

「秘密の宝箱計画」に関連することで、すっごくよい出会いがあった。うれしい。とってもうれしい。最近毎朝、「今日はすっごくいいことが起こる」と思って起きているし、モヤッとしたことからは前以上に意識をそらしているからかもしれない。

今月に入ってからさらに疲れやすく、息切れしやすくなった。一日ひとつ、数時間の予定で精いっぱい。

4月8日（土）

一体今日は何時間眠ったんだろう。ゴルフに行く彼を見送ってからもう一度眠り、ブランチを食べてから眠り、お風呂から出て休憩しながら眠り、夕食前にもウトウトする。

こんなに眠れるなんて、人間ってすごい。

子供にまつわるいろいろなこと、特に教育に関して、枠を外して考えるということは本当に大事だね、と彼と話す。

4月9日（日）

今日はまた寒さがぶり返したとても寒い日。

きのう、昼寝しすぎて、さすがに昨晩は一睡もできなかった。

ゴルフの「マスターズ」を見る。またこのシーズンだ。最近、タイガー・ウッズは出てこないけど、どうしたんだろう。タイガーがいた頃も今も、変わらず一線で活躍している選手、たとえばフィル・ミケルソンとか、ああいう人たちってすごいよね、と話す。

近くのカフェで朝食を食べながら、きのうの続き、子供にまつわる「枠を外そう」についていろいろ話す。

午後、ベビーベッドを組み立てて、かわいいブルーの布団やデザイナーズギルドのベッドガードなどをとりつけて、写真を撮る。かわいい、かわいすぎる。

4月10日（月）

浅田真央ちゃんが引退したらしい。いいと思う！　本当にお疲れ様。

4月15日（土）

総理主催のお花見。@新宿御苑。

昔、海外で妊婦と間違えられたピンクのワンピースを着る。

4月17日（月）

午前中、前から「いつか会うことになるかな」と思っていた某ファッション誌編集長と会う。その人を紹介してくれた人と3人で。

ムーミンと九谷焼がコラボした、とってもかわいく素敵な小皿5枚セットをいただいた。

今週は再び、出産前に会いたい人に会っておく1週間。

午後は、1年ぶりくらいに会うFちゃんがサロンに遊びに来る。

彼女は私の数少ない年下の友達で、その物事の深め方や興味の対象がとても面白く、私に持っていない広げ方をしていくので、話していて楽しい。最近できた彼の話、仕事で行った海外の話やそこで出会った超意識的な存在の話など、今回も興味深かった。

ニュースになっているある事件にとても近いところにいる人が、報道されていない事件の裏側の真相を教えてくれたのだけど、結論として思うのは「ニュースに出ているのは（本当に本当に）全体の一部のみ」だということ。大企業、ときの政権、権威ある体制にとって都合の悪いところは隠され、体よく別の話になっている。知ってはいたけれど、ここまで近くの人から聞くと、リアル。

報道に関わっている人って、こういうジレンマを感じ続けているのだろう。事実と報道する内容のギャップ。

まあ、それを知らされていないことも多々あるよね。しかも、その内容に対して自分の意見は言えず、「伝える」ということが役目のアナウンサーというのは……想像するだけで私にはストレスがたまる。

4月18日（火）

KADOKAWAから、新刊『セドナで見つけたすべての答え　運命の正体』が出た。パラパラパラッとめくってみたら、意外と面白くて15分くらい読み続けてしまい、こんなことをしている場合じゃなかった、とよっこらしょと起き上がる。

知人が投資している会社の一部に、ある英会話教室が含まれていて、知れば知るほどよい仕組みに感じるので、今日、トライアルテストを受けたら想像以上によかったので通うことにする。今日の先生もよかったんだと思う。グレードはプレアドバンス。来週も行こうと思う。

4月19日（水）

出産に向けて、エクステとネイルをオフしてきた。ネイルはともかく、エクステをオフしたら目元がつるんとして……テンション、下がる！

午後は、とっても珍しい知人が、はじめてサロンに遊びに来る。

珍しい知人という意味は、とにかく忙しい人で、人の家に来るなんてことは想像もできなかった人だから。

ふたりだけでこんなにゆっくり話したのもはじめて。「ゆっくり話すためだけに来る」ということになったときに「え？　そんな選択肢、あるの？」とビックリしたくらい忙しい人。でもいろいろあって、最近、少しずつ自分の時間がとれるようになってきたらしい。

そして、「本当はそんなことを考えていたんだぁ、全然わからなかった」という新しい発見もあり、ふたりで話せて本当によかった。

私が2年ほど前からよくお参りに行っている「いつものあそこ」の話になったら、妙にピンときたらしく、「今から行かない？」と行くことになったのにもまた驚いた。「え？　そんな時間あるの？」って。

そこへの道中、面白いところに誘ってもらった。

瞑想の講義のクラス。即答で行くことにする。

私は普段、そういうものを習うとか講義を聴く、という形には興味が湧かないのでたいてい行かないのだけど、私のほうも妙にピンときたのだ。

帰りも家まで送ってもらって幸せな気持ちで別れる。

4月20日（木）

午前中、検診。

ちょっと大事にしすぎているようで、臨月の兆候があまりないらしい。たしかにこの10日間くらい、家にこもって大事にしすぎていた。

もう少し、歩いていいかも（笑）。

終わってから、近くのカフェでスタイリッシュなYちゃんとランチ。Yちゃんも、出産前にふたりだけでゆっくり会っておきたかったひとり。彼女のスタイリッシュでおしゃれな様子は、毎回、目の保養。

ハワイのお土産に、First teethとFirst curl用の入れ物をもらった。ツルンとした白の象とキリン。赤や青じゃない白ってところがいい。

ランチをして、お茶もお代わりして、3時間近く楽しんだ。

4月21日（金）

今日のお昼は、Kちゃんと。こちらも、ふたりで会うのは1年ぶり。

元気なふたりのボーイズを育てるたくましいKちゃんは、子育てや生活全般に対しての向き合い方が、今私と一番近いかも。すべてが私より少しずつ、さらに男っぽいけど（笑）。

妊娠中の感じ方も、「ザ・男の子のママ」だった。「男の子のママでよかった」と私が自分に対して感じている大ざっぱさも、彼女のほうが私以上にそうだった。

子供の今後に対しての感覚や迷いどころなども似ている上に、私より1、2年先をいっているので頼もしい。

最近、人との関わりがとても楽しい。あ、人との関わりではなくて、好きな人との関わり、ね。

4月22日（土）

今、朝の4時半。

昨晩、メールシステムの調子が悪くなり、これまでのメールアカウントもすべて消えたので、必要なものをもう一度ダウンロードしようとしたら「ダウンロードに数時間かかる」というメッセージが出たので、脱力して寝た。

そして今、明け方4時、パソコンの近くに行くとダウンロードが完了していたので起動してみた。すると、まだなにもしていないのにメールは前の設定のまま復活しているし、受信トレイの振り分けなども完全に元に戻ってる……だけではなく、全体的に使いやすくなっている。ワードもエクセルも！　素晴らしい。勝手にバージョンアップしたみたい。

やったぁ。きのう調子が悪くなった直後に、「これを機会にもっとよくなっちゃったりして～」と一瞬思ったけど、それがよかったのかな。このことを今日の共同通信の原稿に書き、

5時半頃にまた寝室へ。

今日は一日、瞑想の講義を受けてきた。

説明はとてもわかりやすかった。瞑想をする意味や、そのやり方にも変に感じるところはひとつもなかったし、やる意義があると思う。

瞑想をすると、生活の中でタイミングがよくなり、心身ともにスッキリして効率も上がるという。一番いいなと思ったのは、最後に「これらを知って実践することで、人間としての自分の夢や思いが実現していく過程を楽しみましょう」というところ。瞑想をした結果、日常の生活ではっきりと違いを感じたい、というのが、前から瞑想に対して私が思っていたことだったから。瞑想をしても、生活に違いを感じられないと続けられなくなる。

瞑想を続けていると、意識の階層がどんどんと深まっていくという、「意識の階層と種類」の説明も面白かった。

だけど、「え？　それって日常生活でよくあるけど、その程度で、そんなにすごいことなの？」というようなことも多かった。

「それは帆帆子さんが、天然ですでに瞑想をしているからですよ」

と先生はおっしゃっていたけれど、私は天然でしているわけではない。たとえばいろいろなことが起きたときに、「これはこういうことかもしれない」とかなり考えて、仮説を立てて、意識的に実験しているのだ。

でも振り返ってみると、こんなふうに「そんなことはいつも日常でしているけれど、そんなにすごいことだったの？」とあとからわかって驚くということは、よくある。

これは、「タイプ」なんだと思う。物事を知っていく過程が、私は「先生」とされている人の教えを受けたり、「○○論」や、「□□学」としてそれを勉強するタイプではなくて、日常生活から実践してそれを見つけていくタイプ。人によっては、偉い先生からなにかを伝授されたり、○○論を勉強して身につけていく形が合っている人もいるだろう。

ただ一般的に、人から教えてもらった理論やすでに世にある学問（だけ）を頼りに進んでいる人は、応用力は少ないよね。「○○論ではこう言われています」だけで、「これは自分の日常で起きていることに例えると、あれだな」とか、「同時にこういうことが言えるよね」と俯瞰《ふかん》する力や展開する力が弱い。「教え」「ルール」「形」として学んだだけだから（今日の先生は違うけど）。

……というようなことを、講義の説明も交えながらたっぷり90分、ママさんと電話で話す。この時間のほうが私にとっては大事。

今日の瞑想の方法を、まったく同じように朝晩することはないと思う。気が向いたときにしたい。

たとえばママさんは、今日聞いた瞑想のようなことをお風呂の中ですするとすごく気持ちがよいそうで、特に軽井沢に行ったときにやることがあるそうだけど、今日の話では、入浴中にそれをすることは勧めていない。

でも、そういうことも人によって違うんじゃないかな。だってたとえば心理学で言うところの潜在意識、あの深い意識の状態に目をつぶっただけで潜っていける人もいるし、「瞑想の形」を体としてとる必要がある（とらないとたどり着けない）人もいるだろう。自分が一番リラックスできて気持ちがいい、という方法が一番なんじゃないかな。

なので私は、（これもあまりお勧めとされていなかったけれど）やっぱり寝る前に今日の瞑想方法をやってみようと思う。

そんなことを考えながらお風呂に入っていたら、急に仕事がしたくなって早々に出る。

久しぶりにパソコンに向かう。

……ん？　こんなふうに活性化しているのは、もしかしたら、さっきお風呂に入る前に、瞑想をしたからかもしれない……やはり、なにかしら効果はあるような気がする。

気が乗ったときに、居心地よい形で続けてみようっと。

4月23日（日）

朝、起きてすぐに瞑想。

「今私は、いろんなことがバージョンアップされてステージが上がっているときだな」と、この1ヶ月くらい感じていたけど、きのう「パソコンソフトが（意外なきっかけで）一新された」ことを通して、ますますそう思った。

水道管の掃除が入って、食洗機や洗濯機、キッチンまわりのキレイさが一段上がり、まわりにいる友人たちとのよい付き合いが深まり、パソコンも一新……そして出産という……。子供が生まれるということは、こんなふうに「一段新しいステージに行く」ということなんだろう、きっと。それにふさわしいように上がらされている、とも言える。

生活の中で、突然こういうふうに自分のまわりのなにかが変わっていくときというのは、先にくる変化に応じて自分がバージョンアップしていくときなのだろうと思う。今回は「出産」というわかりやすいイベントがあるから簡単だったけど、そうではないときも、なにかに備えているのだろう。そう思うと楽しい。

ところで、今朝、面白い夢を見た。

私が去年思っていた「なんとかしたいと思っている仕事」（でも途中でストップしていた

こと）について、私が夢の中で一生懸命しゃべっていたのだ。

「大丈夫、待っていればいずれこうなるから。大丈夫よ」

なんて言ってた。

覚えているのはそこだけだけど、へぇと思ったのは、とにかく目覚めたときに安心感というか、ものすごい心地よさに包まれたこと。

そして彼も、今日は最近見たことのないようなすごくいい夢を見たらしい。

「なるほど、そうすればいいのかあ」

とつぶやいてた。

これも瞑想が原因の気がする……。


ああ、一日家にいて出産を待つ、というこの生活にだんだん飽きてきた。テレビをずっと見続けるというのも、早く終わりにしたい。本当にテレビの中毒性というのはすごいもので、なんにもしなくても夕方になる。

そしてこの食事。

朝は彼と一緒なので、少なくて済む。お昼が鬼門。美味しいものをそろえてパクパク食べて食後に眠くなり、本を読み始めて数分で眠りの世界。

今日も昼食のあとに昼寝をしたら、また夢を見た。すごい夢……いや、夢じゃなくて現実だと思うんだけど、今こうして時間が経ってくると夢かも……。

昼寝の途中、目が覚めてうっすらと目を開けたら、リビングのいつもの光景が見えた。テラスの向こうに見える木々のほうを向いたら……なんとそこにクジャクがいたのだ。青緑に光る大きな羽を広げたクジャクが、テラスの手すりにとまっていた。

ものすごくびっくりしてアイフォンで写真を撮ろうと手を伸ばしたんだけど、お腹が重くてパッと起き上がれないので、手がアイフォンに届かない。

そうしているうちにも、クジャクはちょっとずつ上のほうに上っていき、「早くしないと、もうしっぽしか見えなくなっている……」と思いながら、とにかくあまりの眠気で寝てしまう。

次に起きたときには、クジャクはいなかった。急いでアイフォンを見たけど、やっぱり写真も撮れていない……それはそうだね、撮れた記憶もないもの。

それにしてもすごいクジャクだった。こんな東京のど真ん中にクジャクって……ん？ 夢？ ……なわけはないよね。あんなにすぐそこに本当にいたもの……ん？

というのを繰り返して、今こうして時間が経ってみると、どんどん夢に思えてくるけど……ものすごくリアルだったあの感じは、今思い出しても薄れない。

瞑想の効果だと思う、間違いなく。

面白いな。

4月24日（月）

ママさんとお茶。

先週いろんな人に会った話をする。それから瞑想とクジャクの夢の話。

じっくりと話を聞いたママさんが言った。

「……それは、たぶん、普段からそこにいるのよ」

なるほど！　夢か現実かという二者択一の話ではなくて、普段からそこにいる。私が焦点をあてる次元を変えたから、たまたま見えたというだけ。

なるほど、その通りだと思う。小さなおじさんが見える私の友達は、見る次元を変えるだけだという。たぶん、妖精とか天使とかその手のものも、その次元に住む存在で、その次元にフォーカスすれば（見る次元を変えれば）見えるのだろう。

ひゃあ、なんか面白い。

きのうまで従姉と京都に行っていたママさん。

仲良しの従姉の誘いで京都の「籠神社《この》」に参拝しに行ったらしい。京都と言っても天橋立だから、まあまあ遠いよね。

その話の続きから、「秘密の宝箱計画」に関係あることで、「カゴバッグを作りたいね」という話になった。それは前から私たちが考えていたことだったけど、きのう従妹と話しているときにも、ママさんはその気持ちが高まったという。

以前からの思いと昨日の盛り上がりが合わさって、ママさんの中でかなり具体的に見えたらしく……そしてそういうときのママさんのエネルギーはすごいから、私の気持ちも盛り上がった。

カゴバッグ、やろう！　……そのときに気づいたのだ。

帆「ねえ！！！　きのうお参りしていた京都の神社、『籠神社』って書かない？」

マ「……そう！！！　かご神社！！！　そうよ、そうそう！　すごいわ！　シンクロ」

「この神社」は漢字で書くと「籠神社」。

私も数年前に行ったとき、音だけで聞いていた「この神社」と漢字の籠が結びつかなかった。

さっき話していた京都の話の中に、

「『かご神社、かご神社』と従妹と話していたら、地元のおじいさんが『この神社ですよ』って読み方を教えてくれたのよ」

なんて言っていたのに、このすごいシンクロに気づかなかったママさん。

そのおじいさんは、その後も、ママさんと従妹の前に何度も現れて、神社までの道や近くのお茶屋さんなどいろいろと教えてくれたらしい。ふたりが知りたかった答えをどこからともなく運んできたガイド的存在だったという。

マ「おかしかったのはね、私はどう考えてもあの人はおじいさんくらいの年齢だったけど、〇〇ちゃん（従妹）はもっとずっと若いと思っていたらしくて、『どう見ても40代半ばくらいだった』って言うのよ（笑）。でもどう考えてもおじいさんだったのよ」

ということを何度も繰り返していた。

今、夜。面白いことがあった。

友人から電話があり、突然、「帆帆ちゃんってカゴバッグとか、作らない？」と言われて、
ある国のカゴバッグの話をされたのだ。

え？　……今日その話をしていて……ん？　まだ誰にも話していないか……あれ？　最近、
妊娠中の物忘れがひどいから、話したっけ？

なんて思ったけれど、もちろんまだ話していない。

すごいシンクロ！　きたね〜。

聞けば聞くほど、ワクワクする。

4月25日（火）

胎教によいとされていることをほとんどまったくしていないけれど、大丈夫だろうか……。唯一子供のためにしていることは、ディズニーワールドイングリッシュのDVDをいつもBGMに流していること。

これは私の親からのプレゼント。コースのずっと先まで聞き続けたら、親がまったく英語を話せないのに子供がバイリンガルになった知人の話に影響を受けて、買ってきたのだ。妊婦のときから聞くコース。

まだ、ほんの序の口だけど、ものすごくよくできているし、すでに難しい。

え？　こんな難しいことがもう新生児のDVDに入ってるの？　と思うけど、考えてみれば、私たちが日本人の赤ちゃんに話しかける日本語だって、語学的にはハイレベルの文法で話しかけているんだから、それと同じ。

入院までにやっておくことの残りをする。ちょこまかした買い物とか、肌着を湯通しするとか。肌着を湯通しって……なに？　とか思っちゃう。

本当に小さなやるべきことはいろいろある。5月分のスマホサイトの更新や連載の締切りについても早めに提出しておかなくては……。

4月26日（水）

毎日毎日家にいることに飽きた。突然なにがあるかわからないから、食事も家で食べていることが多いので、「モァ〜、もうやだ！」と思い、今日の夜は外食することにした。

前回、とても美味しかった中華に行こう、ということになる。

おととい電話したら満席だったのだけど、キャンセルが出たとかで今晩の席がとれた。

カウンターしかないところで、メニューはシェフにおまかせのコース1種類のみ。

今回も期待を裏切らず、ものすごく美味しかった。「今出てきたのが今日の中で一番だね」と新しい一皿が出てくるたびに彼と言い合った。

4月27日（木）

検診。出産の兆候、ゼロ。

少し歩いたほうがいいみたい。

久しぶりにネットで検索してみたら、臨月に入ると体力作りのために歩いたりスクワットしたり、体を動かす人がたくさんいるんだって。そうなんだぁ、知らなかったぁ。

でも、できれば5月に生みたいから、ゴールデンウィーク前に産気づくのはちょっとなあ、なんて思ってる。5月のほうがいいと思うのに、特に理由はない。なんとなく気候がいいし、「5月生まれは賢いのよ」と誰かが言ったのを真に受けているからかも。

あ、でも今は「水星の逆行中」で、それが5月4日にあけるから、やっぱり4日以降がいいかなあ、とか考える。

午後、昼寝。


カゴバッグのことだけど、あのシンクロも、瞑想のおかげだと思う。瞑想をすると、これまで以上にシンクロが起こり、それが意味を成して次に展開していく、と言っていたし。

でも、ここで気持ちが乗ってグイッと進めればそうなるだろうし、気持ちが乗らなければまた次の機会で大丈夫。気持ちがある限り、チャンスは何度でもやってくるし。

4月28日（金）

久しぶりに仕事の打ち合わせで人に会う。

同席していた人に、クジャクの夢のことを話した。

彼女は夢について私より深く分析しているので、

「私はあまりにリアルな夢を見たときは、起きたときに現実だったかどうかためすために、夢の中でそこにある物とかを動かしておくの」

と言っていた、なるほど……。

「こっちからあっちに動かしておく、でも目が覚めるといつも動いていないんだよね（笑）」

帆「やっぱり、違う次元のものなんだね。現実か夢かじゃなくて」

この人とこんな話をすることになるとは思わなかった。

明日の「王様のブランチ」で、『セドナで見つけたすべての答え　運命の正体』が7位にランキングされるらしい。これも瞑想の効果？……じゃないよね～。

4月29日（土）

「王様のブランチ」、小さく出ていた（笑）。前は10位から6位もタイトルの読み上げがあったのに、今回はなかった。

ママからライン。「王様のブランチ」に出た写真をパパの携帯に送ってあげて、とのこと。はいはい。これから軽井沢に行くという。

「こんなときにいいかしら」と言っているので、「たぶん6日より早く入院することはないし、もしそうなってもママたちにできることはなにもないので、どうぞ行ってきて～」と返す。

キャメちゃんからライン。このあいだの「テラスにクジャクがきた」という話が気になったから私のホロスコープを見てみたら、牡牛座が30度にあって（詳しいことは私にはわからず）、それを象徴する言葉やその意味を表す「ポエム」が、「古代の芝地をパレードする孔雀」だそう！　それが載っているホロスコープの本の言葉を写メして送ってくれた。別の本にも「古い城のテラスを行進している一匹の孔雀」と載っていたんだって。

やっぱりクジャクは、いつもあそこにいるんだろう。

4月30日（日）

私たち夫婦はなにも予定のない、どこにも遠出できないゴールデンウィークが始まった。彼もゴルフの予定もまったく入れず、備えていてくれている。

天気もいいし、歩かなくちゃ。

お気に入りのサングラスをかけて、お気に入りの日傘をさして外へ。連休なので、路地裏のカフェにまで観光客がいる。

家の近くをブラブラして、カフェで食事をして、また歩いて帰る。最近の中では一番歩いたんじゃないかな。

早く出てきてほしい……。暑い。夏に出産の人は大変だなと思う。このむっちりした姿で夏の格好もしなくちゃいけないし。

5月1日（月）

きのうとは一転、肌寒い雨。やり残した片付けなどをする。赤ちゃんの部屋も、もう一段階整理して使いやすくしたい。

片付けに集中していたら、廊下の奥からなにかがやって来た気配がしたので、ビクッと振り返ったら、ベビーシャワーのときの風船だった。ヘリウムガスが抜けてユラユラと漂ってる……ビックリしたぁ。

午後、銀行へ。もうどこへ行くにも彼が同行してくれる。

駅の近くも、繁華街に向かう道も、ものすごく静か。銀行の中なんて、私たちしかいなかった。パッパと終わって、駅の下で食料を買って帰る。

5月2日（火）

ウー&チーとランチ。

今日のテーマは、このあいだのクジャクの話。それと、瞑想によって広がる世界。

私「今年の日記から、ふたりのあだ名、ウーとチーにしてもいい？」

「いいよ」

私「昔、ブーフーウー、ていうサンリオのキャラクターいたね？」

「いたね……ブタでしょ？」

私「……うん」

それ、ブタでしょ？
そうだね
うん3匹のブタ
この後大爆笑。
あだ名がブタってひどいよね〜

5月4日（木）

検診。ゴールデンウィーク中に生まれることはなさそう。よかった。

先生も「普通にしていればいいですよー」と言ってくれているので、スクワットなど、もう苦しいことはやめよう。

友達が自分のマンションを売るときに、何件か申込みがあった中で、一番雰囲気のいい人に決めたらしい。もっと高い金額を提示してきた人もいたそうだけど。

そうしたら後日、意外なところから臨時収入が入り、その金額がマンションで値引いた金額（一番高い人に売った場合の差額）と同じだったという。

気持ちよく楽しく使ったお金は、お友達（利益）を連れて帰ってくるのよね。

5月5日（金）

そろそろ入院か、と思っていた予定が伸びたので、彼と代々木公園に行ってみることにした。

鶏の照り焼きと卵焼きとシュウマイと、ブロッコリーとプチトマトとおにぎり3種類のお弁当を作る。

信じられないほど穏やかな青空。

代々木公園がこんなに気持ちのいい憩いの場になっているなんて……。

外国人家族、多し。

「ちょっとセントラルパークみたいだね」

と言ったら、

「全然違う……」

と言われた。

もう臨月だなんて……ウソみたい。

5月10日（水）

検診へ。

きのうからちょっと風邪っぽいのだけど、母体が風邪を引いているのは問題ないそうでよかった。出産直後は赤ちゃんに一番免疫力があるときなので大丈夫だそう。

私の担当のS先生、今日もシャキシャキとかわいらしかった。


今回の出産に向かって、会社の事務局の体制を新たに見直すことになったのだけど、その引継ぎ作業が思うようにいっていない。

でも、これでよかったのかも。これを機会に、私自身が現場の仕事を知ることができそうだし、それによって今後の新たな方針が見えてきた。

さっきも、あるひとつのトラブルがきっかけでムックリとソファから起きた私は、その対処の延長線上でものすごい仕事モードに入り、夜まで数時間、事務的な作業に没頭した。

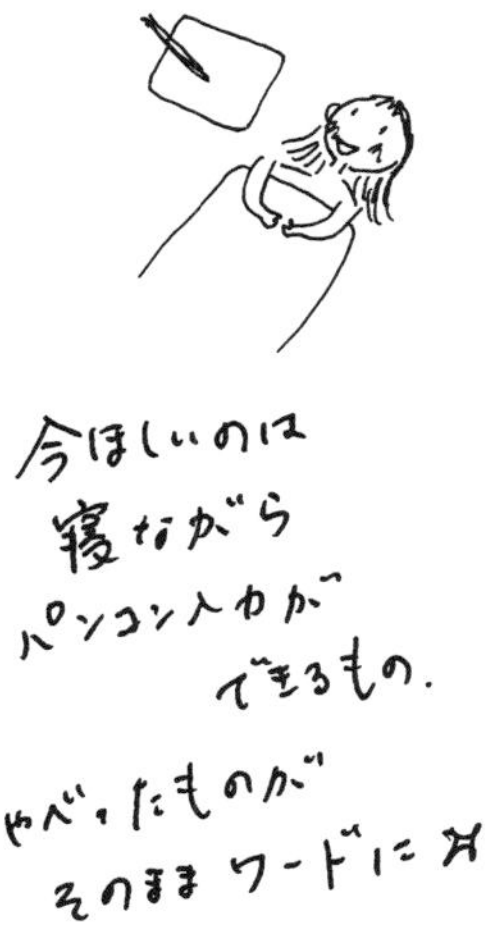

5月11日（木）

きのうの夜中はすごかった。

夜中に、突然目が覚めた私は再びむっくりと起き上がり、今度はジュエリーのデザインを始めたのだった。

さて、今日もさわやかな初夏。28度。世界が輝いて見える。

たっぷりと日焼け止めを塗って、近くのカフェへ。

ちょうどよさそうな日陰の席で、ママさんとおしゃべり。最近のママさんは耳鳴りがするそうで、でもそれが不快な雑音というより、鈴の音のときもあるし、とにかくいろんな音が同時に耳に入ってくるそうだ。

「ちょっとぉ（笑）。それっていよいよなにか聞こえるようになる前兆じゃないの？」

「そうだったら、うれしいわ～（笑）」

本当にそうなったら楽しいので、「否定しないようにしようね」と言い合う。

それから、最近近くにできた傘の専門店で白い日傘を買った。

贅沢で華奢なレースで作られている白い日傘、UV加工もまったくされていないし、使っているうちに手垢がつくと折り目が汚れるという、まったく面倒くさい代物。しかも、かなりのよいお値段。でも、とても気に入っている。

帆「なんか、もうちょっとお茶したい気分じゃない？」

マ「じゃあ、〇〇に行く？」

帆「……う～ん、やっぱりやめておこう、キリがない」

マ「別れがたいわね」

とか言いながら別れた。

やはりママさんは勘が冴《さ》えてきているようで、家に着いたらすぐに電話があり、

「さっき、帰りに寄ろうって言っていたサンダルのお店、あるじゃない？　そこに行く前に郵便局に寄って時間がかかったのね。郵便局に入るときに、こんなことしているあいだに、

あのサンダルが売れちゃったりして、とふと思ったの。そうしたらやっぱり、郵便局のあとにお店に行ったら、〝ちょうど数分前に売れました〟って言われちゃったわ。……せっかくふと思ったのに、残念だわ……でも冴えてるわね、それだけよ（笑）」

と言って切れた。

惜しいね。そこまで自覚していたなら活かさなくちゃ。そう言えば、さっき話していたときも、私が友人Yさんの結婚のことを話そうとしたら、

「突然だけど、そろそろYさんって結婚するんじゃない？」

と言い出していた。

また、私たちのシンクロっぷりも健在。

おととい、夜中に起きてデザインを描いていた日、ママさんもまったく同じ時間帯に起き出して絵を描いたらしい、同じ日に風邪っぽいなと思い、同じ日に代々木公園と似たような眺めのガーデンカフェに行ったという。

他にももっと小さなどうでもいいことまで重なっている……。

5月12日（金）

友達が、「名前に込められた人生のシナリオ」を教えてくれた。

名前の文字を並べ替えると、その人が本来持っている人生のシナリオや得意なことなどが見えてくる、というもの。

私の場合は「あさみほほこ」を入れ替えると、「あさ、ほぼ、みこ（朝、ほぼ巫女）」と読めるらしい……なるほどね（笑）。朝の時間は巫女並みに宇宙とつながっている、と思うことにしよう。

5月14日（日）

検診の結果、明日、入院することが決まった。よし、ようやくだ。

ドキドキする。楽しみ〜。

5月15日（月）

入院した。1月の入院のときと同じような個室。

明日の出産に備えて、処置をする。今晩は睡眠薬で眠るらしい。よかった、すでに痛みがあるので……。

1月の入院で、退院の日に話しこんだ助産師（Oさん）が出産当日の担当になった。ラッキー！

「はじめの入院予定日の頃だったら私がいないときだったんですけど、2回くらい延びたからこうなったんです……きっとはじめから私が担当することになっていたんですね」

なんて……私もそう思う（笑）。この助産師Oさんは、事前にいろいろなことを詳しく説明してくれるところが好き。もっと早くに聞きたかった、ということがないから。こちらにも選択の余地が生まれるし、心の準備もできる。

今、夜。美味しい夕食を食べて、彼が買ってきてくれたトップスのチョコレートケーキを食べているところ。痛みをまぎらわせるために、パクパクと……。

「明日の夜には生まれているなんてドキドキするね〜」

また数分経って、

「明日の夜には……？」

「生まれているんだよね〜！！！」

と何回も言って、明日の時間を何度も何度も確認して帰っていった。

5月16日（火）

昨日は、痛くて夜中に2回ほど起きたけど、睡眠薬のおかげですぐにまた眠りに入れた。

6時頃、彼から素晴らしく感動的な長文のラインがきて、泣ける。感動！　大事に保存した。

部屋から見る空が青空。

今日の夜には子供が出てきているなんて、ワクワク～。

この、「これまでやったことのないこと」が始まるワクワク感、いい!!

7時より前、予定より早く先生が来てくださって準備を始める。

ギリギリまで待って麻酔を打ったほうが、先が早いらしいので、痛みのギリギリまで我慢したけれど、ここが一番痛かった。ベッドサイドのモニターを見ていると、次の痛みがくるタイミングがわかる。でも、この痛みで自然分娩をする痛みの3分の1にも満たないというから驚く。

今は分娩室のベッドの上。午後1時。担当のS先生と助産師Oさんと麻酔医の先生が定期的に様子を見に来てくれる。彼も10時頃からずっとソファで待機、パソコンを持ち込んで仕事している。テレビもあるし、ベッドの上にいれば基本的に自由なので、本を読んだりラインをしたりしてくつろぐ。朝からなにも食べてはいけないのだけど、まったくお腹は空かない。

午後2時。まだ兆候なし。

午後3時。まだ。

今、4時。

今日中に出産できるかどうかの判断がもうすぐあるので、友人たちに「今日中に生まれるように祈って〜」とライン。明日になると、今日の処置をまた一《いち》からやり直さなくてはならないらしい。

すると、サイキック的な力のある友人から、「パパが話しかければ出てくる」というラインがきたので、さっそく、そろそろ出てきてくれるように彼が話しかける。

今、午後5時。なんとあれからググッと進んで今日中に生まれそう。

すごい!! 彼が話しかけたら加速したみたい……。

よかったー、よかったー。

5月17日（水）

きのうの20時30分、３４５８グラムで無事出産。

分娩準備に入ってから15分で生まれた。始まったら、院長先生はじめ、K先生と助産師Oさん、他にもいろいろな担当専門の人が近くで待機。

無痛分娩なので、まったく痛くなく、あっという間。

始まる直前まで「そろそろ始まるから」と家族にラインしていたくらい。

彼も、あっという間すぎてビックリしていた。むしろ、そのあとのほうが長いよね。いろいろ終わって私が病室に戻れたのは、夜の10時過ぎ。

赤ちゃんは、とてもしっかりしていた。生まれたすぐあとに家族３人で撮った写真でも、声をかけたらちゃんとカメラのほうを向いたし（笑）。

私のすぐ近くで赤ちゃんの処置をしてくれるので、安心。ずっと見ていられる。

その後、「撮りすぎじゃない？」というほど赤ちゃんの写真を撮り続けていた彼。2人の写真とか、3人の写真とか、何度も助産師さんに頼んでいた。

私は一日なにも食べていないのと、麻酔をしていたのとでベッドから立ち上がれず、車椅子で部屋に戻る。戻ってから気持ちが悪かったけど、彼が用意してくれていた夕食を食べたら急に元気になった。

赤ちゃんは、この日の夜だけ病院側に預ける。


そして朝。赤ちゃん（プリンスと呼ぼう）は朝から寝続けている。信じられないほど、小さい。

一番はじめに、オムツの取り替え方を教えていただいた。新生児のうん○は、黒緑色だと知る。本当にすべてがはじめて聞くこと、見ることで驚く。え？　なに？　なにから始めるの？　という感じ。

お昼すぎ、小児科の先生が診てくれた。まったく起きずに寝続けていることを話したら、

「羊水の中と外と判断ができない子はいるので大丈夫です」

とのこと。

こんなふうに、気になることはすぐに聞けるし、専門医がいつも待機してくれて本当にありがたい。

午後、私の両親と彼が来る。

パパさんもママさんも「あらー……」と言いながら何度ものぞきこんでいる。

パパさんからの出産祝いがユニークで笑った。金。

あ、「おかね」ではなく「純金」ね。純金積み立てか……。

2時間ほどいて、パパママは帰っていった。


プリンス、ずーっと寝ている……。授乳のときにいらしてくださった看護師長さんに「ずーっと寝ていても問題ない」と聞いてホッとした。穏やかで物腰のゆっくりした落ち着いた感じの人。

足の裏をくすぐっても起きない。というか、くすぐるのを嫌がっているみたい……すでに、意思の強い子になりそうな気配がある……。

足をくすぐり続ける彼。

助産師Oさんの授乳アドバイスに感動した。

母乳のこと、ミルクのこと、退院後の授乳のこと、手袋はあまりさせないほうがいいこと、赤ちゃんの体温の状態をどこで判断するか、授乳と育児は五感を使うことなど、他にもいろいろとメモする。

5月18日（木）

夜中に目が覚めるたびに、隣の小さなベッドを見ると、「子供がいるんだあ」という不思議な気持ちに包まれる。小さな頃のクリスマスの朝みたいなワクワク感が、ずーっと続いている感じ。

プリンス、あまり母乳を飲んでいないような気がする。授乳していて、気付くと1時間近くあげているときもあるのだけど、どうやら後半は惰性で口を動かしているだけで、寝ているみたいだ。

あまり泣かない、と言うか、昼間は泣き声を聞いていないくらい。

きのうは夜中に何度か起きたので、そのたびに授乳した。

今日の午後は彼のお母様がいらした。

すやすや眠っていたプリンスは、途中からかわいらしく目を開けた。

5月19日（金）

朝、プリンスの顔色がちょっと黄色いような気がする。

小児科の先生がやって来て、問題ないことを細かく丁寧に教えてくれた。

10時から沐浴の説明を聞く。はじめて他のお母様たちに会う、全部で6人。みんな、私と同世代、ひとりはもっとずっと上……想像以上に年齢層が高い。

ところで、私の体重はほとんど減っていない。出産翌日に測ったときは、1キロしか減っていなかった。3キロ以上の赤ちゃんを産んでいるのに、さ。

「これ、本当に不思議ですよね」と看護師さんも笑って言う。

一方、プリンスは少し体重の減りが多いそうなので（産後、一時的に減るのは普通なのだけど）、助産師さんと相談して、母乳が充分になるまでは少しだけ粉ミルクを補充することにした。ミルクの量が増えれば、お通じとお小水も増えるから黄疸も消えるみたいだし。

夕方から沐浴の実習。落としそうで怖かった。すべてが小さい、小さすぎる。

沐浴のあと、C姉さんが遊びに来てくれた。相撲観戦の帰りで、名物の焼き鳥を買ってきてくれた。

5月20日（土）

プリンスが寝ているこのベッド、本当によくできている。心拍を感知するセンサーがついていて（どこに？　マットレスの下かな？）、心拍に異常があると音が鳴るようになっているのだけど、抱き上げたときにスイッチを切っておかないと、間違って鳴ってしまう。

他の部屋からも、たまに「ピーピーピー」が聞こえてきて、みんな同じようなことをやっているんだな、と思う。

昨日の夜のプリンス、授乳をしてベッドに戻すたびに泣き声をあげるので、覚悟を決めて、私のベッドで一緒に寝ることにした。ベッドの柵をあげて、まわりに柔らかいタオルを敷き詰め、授乳のあと、そのまま眠り込むプリンスの横に腕をついて休む。私が眠り込んで踏みつぶさないように……と思っていたけど、気を張ってるからそんなことには絶対にならない。

私は数分おきに目が覚めた。タオルケットが顔にかかっていないかとか、顔の向きを変えたほうがいいかな、とか。

朝、5時頃に授乳して、次は7時に起きようと目覚ましをセットしたけど、次に起きたのは8時の私の朝食前。慌てて授乳。

毎日、おしっ○とうん○の数、授乳し終わったときの時間、そのほか細かいことをいろいろ記入する。母乳の量も増えてきた。

午後、夏に出産予定のRちゃんと後輩Mちゃんが来てくれた。

色とりどりのバルーンや離乳食のセットなどをいただく。

私はむくんで眠い顔でボヨーンと。

5月21日（日）

朝、彼とママさんがが来て荷物をまとめてくれたりして、プリンスを抱っこして病院を出る。駐車場など、恐い、恐すぎる。1週間前まで羊水の中にいた生き物を、こんな排気ガスにまみれた中に！　とか思って。

生まれた日の朝のように、今日も夏のようなキラキラの日差し、車の中から日曜らしいリラックスした人たちが見えた。サングラスにTシャツの白人たち、短パンにビーサン。

プリンスはずーっと外を見ていた。

最高にかわいい！

家に入って授乳してから、家の前に出て写真を撮る。緑がキラキラしている。

……なんか、未来だね。

彼とママさんは買い出しへ。

足の蹴りが病院にいたときより強くなったような気がする。それと、前よりたくさん母乳を飲むようになった、気がする。

5月24日（水）

あっという間に3日経っている……。

眠い……夜中に2、3時間おきに起きていれば当たり前か……。母親というのは本当にすごいな、と思う。

この3日間にやったことは、病院でもらった育児日記をつけ始めたことと、身のまわりの人に出産の報告をしたこと、以上。

プリンスは、自分からおっぱいを探すようになった。

それから、はじめてお風呂に入れた。病院でもらったお風呂の入れ方マニュアルをそばに置き、恐る恐る……とても時間がかかった。

台の上は
落としそうで恐く
床の上へ…。
マニュアルの中では
入れ終わっているのに
現実は、まだ
「お湯を入れます」
の段階…
「お料理作ってるみたい」
と母に言われる

母体というのは本当に体を張っている。

出産後の体の不具合いろいろ……帰ってきた直後はこれがずっと治らなかったらどうしよう、なんて思ったけど、数日経った今、状況は少し改善されている。

本当にあのときはどうしようかと思ったけど、こういうことだよね……どんな状況でも、時間が経てば必ず変わる。

子供部屋にあまり光が入らないので、昼間はリビングに寝かせたいと思い、ベッドをもうひとつ買おうとネットで検索。

コンパクトにまとめられて、高さを替えると中でも遊べるようにもなるよさそうなのが見つかった。ママさん曰く、私が子供の頃はハワイでしか見なかったらしい「外から網になって中で遊べるような、ケージのようなもの」というのは、まさにこれじゃないかな。

今では、ネットでいくらでもあるよ?

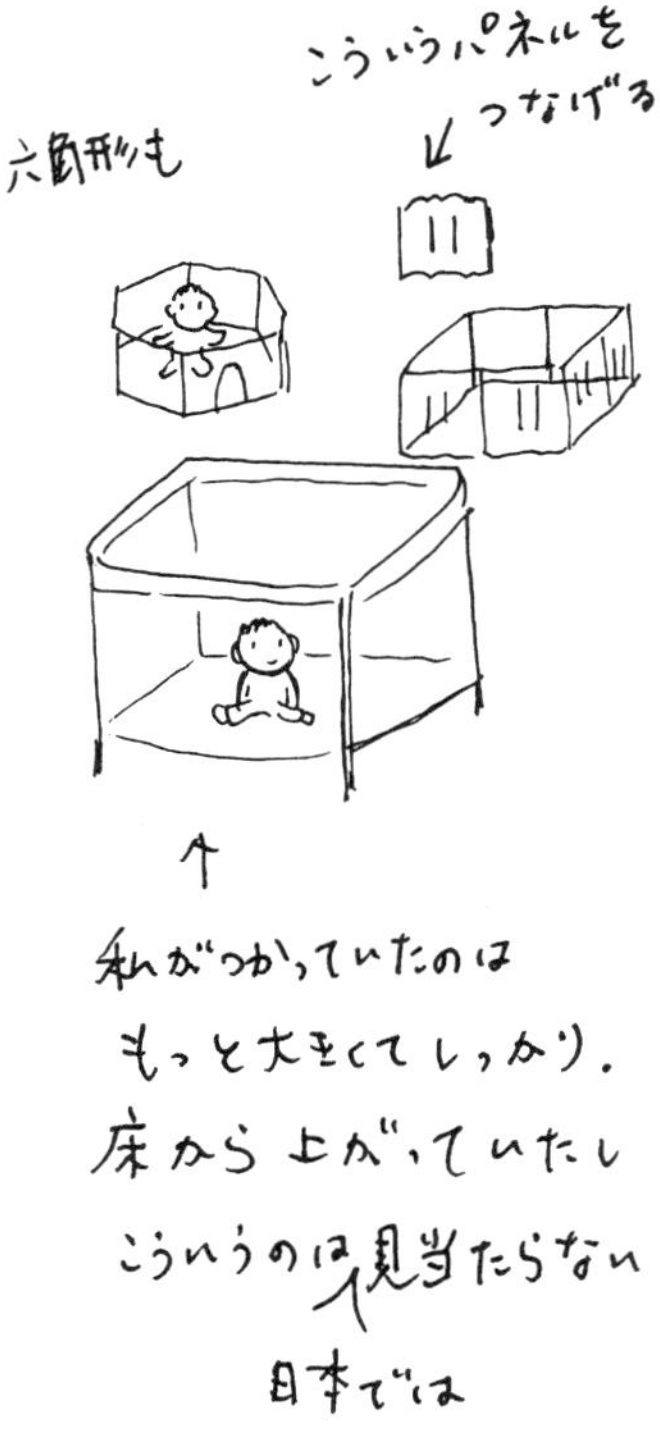

5月25日（木）

今週から、共同通信とまぐまぐとホホトモメルマガの執筆を再開する。

仕事以外にも、「生まれました」のお知らせカード作りとか、撮影したビデオをパソコンに取り込むとか、気になることはいろいろあるけれどゆっくりやっていこう。

外は気持ちのよい初夏の緑。

慢性的な寝不足、産後のむくみと痛み、骨盤底筋肉の弱り、まったく変わらない食欲……。

外のさわやかさと
対照的なわたし
バタッ
今の疲れ
ラスカルの

ラインスタンプにある

私は実家にいたほうが気が休まらない気がするので、病院から直接自宅に戻った。実家で、たとえば私の父が1時間おきに様子を見に来たりしたら、休めない（笑）。

彼も、プリンスがそばにいたほうが楽しいと思うし、私もこのほうが気が楽。よく思うんだけど、実家にいて、ご主人がはじめのかわいい期間を見ることができないというのは……つまらないんじゃないかな……。あ、おじいちゃまおばあちゃまたちが見ることができないのも寂しいか……。でも3ヶ月近くいると、ご主人は新生児時期は見ないことになるよね……まあ、人それぞれ。

その代わり、ほぼ毎日、ママさんが来ている。

「あなた、今の時期にスーパーのお惣菜なんて、ちょっとでもダメよ。◯◯さん（夫）も、健康的なものを食べないと」

と、これから1ヶ月くらいは夕飯を作って届けてくれることになった。

ええ？　いいの？　それ、大変じゃない？　と思ったけど、先週遊びに来た後輩Mちゃんもずっとそうだったと言っていたし、さっき、同級生のマルからのラインにも「思っていた以上にいろんなことをやってもらったほうがいいよ、私たちもまあまあ若くないし」と書いてあったので、やってもらうことにしよう。だいたい、私の食事より彼のほうが心配だ。

5月26日（金）

きのうはほとんど眠れなかった。添い寝して寝たまま授乳をしたのだけど、なんとなくプリンスの飲む量が少なくなったしすぐに起きてしまう気がするので、添い寝はよくないかも……とネットで検索したら、やっぱりそうだった。よくない実感があったので、これまで通り、ちゃんと座って飲ませ、終わったらすぐにベッドに戻すことにする。

骨盤底筋力が低下しているので筋トレを始めた。お尻をグッと引き締めるのを、思いついたときにチョコチョコと。

それにしても、産後のお母さんが3日間くらいはお風呂にも入れない、というのは本当だなとビックリする。私も朝の歯磨きを夕方しているし、鏡なんて、いつ見ただろう。かろうじて、日の光でかろうじて朝と夜を知る、という感じ。

5月28日（日）

プリンス、夜は結構まとめて寝てくれる……4～5時間くらい。昨晩も12時に授乳したあと、次に起こされたのは5時前だった。

でも、昼間は1時間おきなので、プリンスが寝ているあいだに仕事や掃除をするなんてとても無理。眠くてだるくて起き上がれない。プリンスの動きが一段落する夕方5時くらいまで、なにもできない。……あ、なにもしてなくないんだった、プリンスのお世話をしているんだから。

腕を使わずに手で抱き上げていたからか、腕が腱鞘炎気味。そしてうっすらと腰痛も。

5月29日（月）

プリンスってば、私の膝の上でしか寝ようとしない。授乳したあと、膝の上でそのまま眠り、そーっとベッドに戻すとぐずる。

この数日は、膝の上で、数分おきに薄目を開けて私を確認している。病院での寝すぎて起きない様子はどこへ？

出産して2週間近くが経ったけど、産後の母体は本当に大変。

おしりの不都合と腕の腱鞘炎と腰痛と睡眠不足と闘っている。これで順調だ、というから驚く。そういう症状やつらいことを、みんなあまり言わないのはなぜだろう？

なんとなく、神聖な子供を出産したあとに、そういう苦しいことを言ってはいけないような、汚い話はタブーのような感じがあるのかな……。

それにしても、ママさんが夕食を作ってくれるようになってから、気分的にすごく楽になった。ここにいると「なにもしてなくていい」と彼が言ってくれていても、いればなんとなく食事のことなど気にしてしまうので。でも考えてみれば、実家に帰っているとすれば、食事はもちろん、ただゴロゴロして子供の世話をしているだけなんだから、それくらいは頼ってもいいわ……と思うことにしよう。

親って本当にありがたい。友達の先輩ママたちのラインにも、出産後のあれこれの話に混じって必ず、「親ってありがたいよね」と書いてある。

5月30日（火）

今朝起きたら、腰痛がひどくなっている。腱鞘炎も……気が滅入る。

この状態を「万事順調！」と感じられるような捉え方は……これを機会に、ママさんに気功を教えてもらおうかな、と思う。

うん、それいいね。ママさんは、弟を生んだあとから腰痛がひどくなり、一番ひどいときは起き上がれないときがあったほどだった。いろんな治療をためしたけれどどれもダメで、結局、気功に出会ったことで完全に治ったという経験がある。

中国からきたその「智能気功」のトップの先生が、当時、ママさんとママさんの友達にそのやり方を教え、それをママさんたちが人に教えることで日本に広まった。結構びっくりするような現象や症例がたくさん起こって、どんどんクラスの数が増えていったんだけど、ママさんたちはそれを通して利益を得ようなんて思っていなかったから、実費くらいしか受講料をとらなかったこともあって、かなりの数のお教室ができてしまったのだった。そのあたりからママさんは、その活動から抜ける。理由は、自分の好きなことをする時間がなくなるから、だって……フッ、ママらしい。

とにかく、ママさんは図らずも一時的にその「智能気功」の先生だったので、今でもそのやり方はしっかり覚えているし、ちょうど1ヶ月くらい前に、ママさんが「久しぶりに気功の当時の教科書を読んだら、ものすごく深いことが書いてあったのよ、当時はここまでわかっていなかったわ～」と言っていたので、教えてもらうのにちょうどいいかもしれない。

↓結局、やらなかった

どの形で授乳して、どの形で寝かせるのが一番スムーズか、いまいちペースがつかめない。

今日は、膝の上に寝かせたまま、パソコンに向かってみた、成功！

何年も前からパソコンにつけているこの電磁波ブロックは、今も効いているのかな。別のパソコンにも貼りつけたほうがいいような気がする。


↑そんなことを気にするまもなく、この形も長続きしない、ことが判明

5月31日（水）

弟夫婦がプレゼントしてくれたプリンスの移動式ベッドがきた。これなら軽井沢に行くときも、たためて便利。思っていたよりしっかりした作りだった。

6月1日（木）

左右の手首の腱鞘炎バンドを注文する。

1日だし、そろそろダイエットを開始しようかな。さっき、病院から戻ってはじめて体重をはかったら2キロ落ちていたので、あと7キロだ……ふ～。

プリンス、授乳が終わって寝ているままそーっとベッドに戻すと、背中に布団がさわった

途端に泣く。背中に泣きボタンでもついているようだ。

6月2日（金）

今日も午前中はだるく、眠く、プリンスの機嫌に合わせてなにもできず。

お昼すぎに、パパさんとママさんが来る。パパさんは、プリンスをそーっと膝に乗せ、数分経ったら「もういい、落としたらこわいし」と言って戻してきた。

最近の話をみんなであれこれ。私は向こうの部屋でプリンスに母乳をあげながら。

夕方、やっと寝てくれたので、病院のときからのプリンスのかわいい写真をプリントアウトする。これは先週するはずだったのに……。すべての作業が予定の3倍の時間がかかってるので、予定を変更しよう。というか、予定を立てるのはやめよう。仕事も、連載ものを更新するだけで精いっぱい。

6月3日（土）

このあいだから、また体重が2キロ落ちていた。うれしい。あと5キロ。

こんなことが、どれほどテンションを上げてくれるか。女性として、体型や外見的なことって、自分が思っている以上に気分を上げたり下げたりしているんだな、と思う。


今日の予定としては、プリンスの手形と足形をとる。

手形セットについていた専用液を、寝ているプリンスの小さな足にぬりつけて、専用の紙をペタッと足に張りつけたけど、全然うまくいかない。手相も、線が出ないくらいつぶれている。そもそも、足形と手形が1枚の紙にきれいになんて収まらない。

「このインクタイプはやめよう」ということになり、粘土タイプを注文する。

はあ、疲れた。ジャンクなものが食べたくなり、彼が外に出るついでにマックを買ってきてもらった。

店内には、おひとりさまの年配の人たちがたくさんいたという。へ〜、マックでひとりでランチをしている高齢者なんて、なんだかすごくかわいそう、とか思ってしまうけど、そんなことはないのかもしれない。意外と土曜のランチをエンジョイしてたりして……世の中の形、スタイル、いろんなことが変わってきている。

マック……このジャンクなポテト、たまに食べるとおいしい。Lサイズにしてもらえばよかった。

毎週土曜は共同通信の締切り。そして毎週日曜は「まぐまぐ」を書く日。週末はのんびりしたいから、このふたつを書く日を平日に移動しようかな。

独身のときは土日に仕事していてもなんとも思わなかったけど、結婚してからは週末ののんびり気分を味わいたくなったのだ。街もお休みモードになるからブランチは外で食べたくなるし。

自分の育ってきた環境と真逆のことができると、その人の器の大きさや魅力を感じる。

たとえば、(何十年も前のことだけど) 知人の男性で、当時長く付き合っていた彼女と、「彼女が大学を出ていないから」という理由で結婚をやめた人がいた。学歴が大切だったり、なにかの基準になるのは、もちろんわかる。特に、実家に継ぐものがあったり、歴史ある家柄であれば当然のことだろう。ただ、男性にそこまで経済力があり、ビッグネームがあるのであれば、逆にそんなことは、あとからいくらでも方法はある。大人になってから入学し直したっていいし、しばらく海外に行ったっていい。その保守的な、王道しか認めない坊ちゃんの環境で育ってきた人が「学歴なんて関係ない、ボクは自分の好きな人と結婚する」としたら、その人の評価や魅力は何倍にも広がっただろう。なんて男気のある、包容力のある、頼りがいのある……！！

逆に、たとえば高校や大学を出ていない人が、その後の人生において、「学歴なんて関係ないよ」とひねくれるのではなく、それらをきちんと重んじて大切にするような態度をとっていったら、その人の器は大きく見える。

そう、日本を代表する老舗菓子店の跡取り（長男）がインド人と結婚したと知ったときは、あっぱれ、と思ったもんだ。

「本当の意味で実力のある人は、気にしないよね」

彼とそんなことをつらつら話しているのが楽しい。

6月4日（日）

今日もママさんがやって来る。そして夕食の支度をしてくれて買い物と洗濯をしてくれた。

授乳を始めると30分は動けなくなるので、授乳に入る前にサイドテーブルにいろいろなものをセット。テレビやビデオやライトなどのリモコン類、スマホ、本、本につける小型ライト、腱鞘炎用のリストバンド、飲み物など。

授乳しながら本も読めるようになった。2時間おきに本が読めると思えば、この時間も悪くない。

その本に出てきた、主人公が片づけをしているシーンを読んでいたら、私もトランクルームに詰め込んでいる洋服をガーッと処分したくなってきた。

体調が戻ってきている証拠だと思う。

6月5日（月）

毎日、いろいろな人からお祝いの品が届く。どれもかわいく、使うのがもったいない。

ある人から届いたベビー用の敷き布団。上に取り外しのできるビニールシートもついている。お風呂のあとなど、浴室の台の上などに載せて使うとすごく便利。

さらに今日、新しい使い方を発見。この上にプリンスを載せたままベッドから出してそのまま授乳、そしてそのままベッドに戻すと、ずーっと膝の上だと勘違いしてくれて起きずに寝てくれる。これはいいね。

6月6日（火）

人から勧められて、出産後のダイエットインストラクターをお願いしようと思っていたけど、やっぱりやめた。

たぶん、すぐに自分のペースでやりたくなってしまうと思うから。

鍛えたい部分を意識すると、効果が違う、というのをテレビで見たので、ブヨンとしているところを意識して筋トレすればいい、ということにした。

背中など、ビックリするところが肉厚になっている。

ある人が60歳になって悟ったことを、20歳でわかる人もいるよね。その若者は、はじめからそれがわかっているということだ。

それについては、前世での経験もあってか、今回の人生では学ばなくてもいいようになっているんだろう。

または、悟る内容の順番が人によって違うとか……。だから「若者なのに偉そうな」とか、「若者だからわかっていない」という姿勢はとんでもないことだと思う。

私「最近、この部屋の中だけにこもっているから、言うことがいちいち重いんだよね」

彼「ここから宇宙を見てるんだね」

6月7日（水）

きのうは午前中から寝てくれたので作業がはかどったのに、今日はまた逆戻り。午前9時から授乳したりあやしたりを繰り返して、本格的に寝入ったのが今、午後3時。でもまあ、きのうの夜中は12時から5時まで寝てくれたからよしとしよう。

ペースのつかめなさ……これが大変。自分ひとりのときは、自分が時間をコントロールしている。この予期できない動きに常に自分を合わせていかないといけないという……。

いろんな人たちからのラインを読んでいると、新生児育児の期間について、みんなの書いてくることがほとんど同じなので面白い。

まとめると、「母体、ホント、いろいろある」と「親はありがたい」のふたつ。

ここから
世界を…
育児の合間に
宇宙とつながる

あぁ、静かに寝てくれているだけで幸せ。緑を眺めて癒される。

6月8日（木）

自分のしたことは、必ず、必ず自分に返ってくるということを、ある人に最近起こったことを見ていて痛感した。

当時、どんなにうまく隠せたと思っても、まわりの人の動きを読んで、どんなにうまく動いたとしても、またそれをきれいな言葉でカモフラージュしても、思惑のある動きはそれと同じエネルギーで自分に返ってくる。

何年か経って忘れかけていた頃に、思わぬ形で再燃する。過去のその出来事がそのまま再現されるわけではなく、別の形（それは正に、その前の出来事を別の形で見させられているのだけど）で責任をとらされる。

本当にうまくできている。

こういう宇宙のルールというか、この世の法則を再確認するたびにホッとする。他人の言動にやきもきする必要はなく、気にするべきは自分の行動のみだ。

午後、1ヶ月ぶりに近所に出た。

世の中は……こんなに人がいたんだねぇ。

6月9日（金）

1ヶ月ぶりに仕事の打ち合わせ。

来年（2018年）の手帳を作ることになった。これまで作ってきたデザインの方向から一変、もっと実用的なものになりそう。

そうそう、仕事をしているときのこの感覚……うんうん。

母乳を何回かあげてもまだ泣くときには、3日に1回くらい粉ミルクで補うときがあるんだけど、粉ミルクをあげたあとは泣かずにすぐ寝るから、母乳の量が足りていないのかも

……。これは、泣くたびにもっと頑張って授乳するしかない。

それにしても、粉ミルクは楽……もう全部粉ミルクにしてしまおうか、という思いが頭をかすめる。

「そんな急にどっちだけ、と決めつけずに、両方にすればいいのよ」

とママさん。

そうだよね。粉ミルクはどうしてものときに使えばいい。なにがなんでも母乳、と頑張っているのも違和感があるしね。

「今一番大事なことは、プリンスの体重を増やすことなんだから」

そうだよね……こういうことって大事。そのとき一番大事なことはなにか考えること。

たとえば母乳を飲んだあと、ベッドに戻すと泣くけれど膝の上だとそのまま寝てくれる。

でもずーっと膝の上だと抱き癖がついてしまうということで、できるだけすぐにベッドに戻すようにしていたけれど、すぐに泣くので結局また抱っこして、ベッドに戻して、泣いて、抱っこして……を繰り返しているので、なにもできず、こんなことがずっと続くようだと、しばらく仕事はできないかも……と思っていた。

でも考えてみると、今プリンスにとって一番大事なことは、しっかり飲んで体重を増やすことなので、別に抱き癖がついたってなんの問題もない。

「そうよ～。ずーっとそのままいくわけじゃないんだから」とママさん。

泣くたびに母乳をあげてそのまま膝の上で寝かせてもいい、と決めた途端、急に気が楽。

母乳をあげたらすぐにベッドに戻さないといけない、なんて、なにをあんなに頑張っていたんだろう。

6月10日（土）

今日の午前中は1時間おきに授乳、そのあいだ、なにもできず。抱っこしたり、ゴロゴロしたりを繰り返す。

5時にようやくちゃんと寝入ったようなので、活動開始。昔「5時から男」という言葉があったような……ここしばらく、ずっと「5時から女」。

6月12日（月）

フェイスブックで出産の報告をする。

最近、フェイブックになにかを更新するのが前ほどワクワクしなくなった。ワクワクしなくなってきたということは、遠ざかってもいいということだと思うので……とりあえず、少し様子を見よう。

お宮参りの日にちを決める。いろいろと決めることが山のようにある……。そう言えば、前回お願いしてとてもよかった、出張着付けのおばあさまの電話番号はどこにいったっけ？

病院にいた頃からそうだったけど、プリンスはかなり主張が強い。嫌なことは絶対に嫌で、どんなに寝ているうちにだましだましだましようと思っても、だまされてくれない。

まあ、頭がよいとも言う……（笑）。授乳のあと膝の上で眠り、絶対にベッドに降ろされたくないプリンスは、相変わらずチローンと薄目を開けて、私がいるかどうかを確認している。

6月14日（水）

毎日がサラサラと過ぎていく。

午後、私の心の友「ウー&チー」がやって来る。

久しぶりに、魂のつながった会話をたっぷりと。スピリチュアルな話を深められる話ができる友達って、本当にいい。

スピリチュアルな話って、実はものすごく現実の話だ。物事の捉え方、意識の向け方、それによって起こった環境の変化と未来の計画、イヒヒ。

6月15日（木）

プリンス、夜の11時頃から朝5時過ぎまで起きなかったので、私も久しぶりにぐっすり眠る。顔つきが、なんとなく子供らしくなってきた気がする。表情も、ちょっと笑いが出てきた。「1ヶ月経つと変わってくる」というのは本当だなぁ、としみじみ。

北原照久さんご夫妻から、ラルフローレンの洋服詰め合わせが届く。しましまのつなぎなど、すっごくたくさん！　N夫妻からの「Nanan」の洋服の詰め合わせも、とてもかわいい。

ベビーシャワーでいただいたものは毎日愛用している。意外と役立っているのが、私のために贈ってくれたシャワーローブ。シャワーを浴びたあとにすぐ着られるタオル地のワンピース。おそろいのヘアバンドやタオルの大小も。

バスタイムにゆっくりできる暇はないので、重宝。

6月17日（土）

はじめは少し悪かったことが、さらに悪化したことによって、結果的にすべてが改善された、というようなことって、ある。

きのう聞いた知人の話も正にそう。我慢できない状態にまで悪化したことによって、相手に意思を伝えることになった。そのおかげで全体が解決。

宇宙から見ると、その人が「なんとか改善したい、そのためにはどうしたら?」という意思（望み）を持ったから、状況を悪化させることによって相手に希望を言えるチャンスをあげた。全体の流れから見ると、状況悪化はギフトだった。

早まるな、起こることはベストだから！　だね。


新生児の赤ちゃんの腕と足を布にくるんで、丸い形で眠らせる「おひなまき」という包み方がある。

ネットで調べてみると、背骨を丸めて寝かせる形はたしかに理にかなっていてよさそうなので、「おひなまき」に必要な布と、他にも、背骨を丸めて眠らせるのに必要なグッズセットをいろいろ買ってみたけど……結論から言うと、必要なかった……。

プリンスは嫌がってダメ。おとなしく布にくるまれてくれないし、包もうとすると号泣。だんだんと暮れゆく薄暗い室内で、必死にプリンスを縛ろうとしている自分の姿にあるときハッと気づいて……やめた。

「背骨を反らせるのはよくない」とか書いてあったけど、うちの子には当てはまらなそう。海老反って寝ていても、膝の上でしか寝なくても、抱き癖がついていてもそれがなんだ！　という気分。

午後、プリンスは30分ごとに目を覚まし、そのたびに授乳してまた寝かすを繰り返したけれどうまく寝てくれず、へとへと。昼の12時から6時くらいまで同じことの繰り返し。ゴルフから戻った彼の食事を、今日はデリバリーにしてもらう。メキシカン。私が濃い味のものが食べたかったので。

今晩は、彼に「私は寝ます」と宣言して、すべてお願いすることにした。オムツとおしり拭きをそばにおいて、泣いたときの粉ミルクも出して、眠りの世界へ。

6月18日（日）

きのうは久しぶりにグッスリ眠れた。夜中、一度「熱すぎたね〜、ごめんごめん」という

夫の声を夢の中で聞いたような……。

5時頃にプリンスがむずがり出したので、ここから交替。

夜中の声はやっぱり、彼が粉ミルクを作って、それが熱すぎたらしい。

おっぱいをあげたプリンスは8時くらいまで寝た。どうやら、夜はこのペースで落ち着いてきた。深夜前から5時までは寝てくれるというパターン。

今日は、気晴らしにママさんと出かけようと思うので、引き続き、プリンスを彼にまかせて出かける準備。

ああ……、出かける支度をすると、まだまだ太っているのがよくわかる。体重……あと4キロのところまで戻ったけど、ぜんっぜんまだ。それでも、メイクをして髪の毛を巻いて、シャキッとした格好をしたら気持ちも変わった。

「カッコいい～」と彼に言われ、うれしい気持ちで家を出る。

外は日曜の気持ちのよい青空。世の中はいつの間にか梅雨入りしている。

6月19日（月）

今、夕方3時。プリンスがやっと寝たところ。

今日は朝から1時間おきに授乳して、それでも足りなさそうだったので、飲み飽きるまでとことん頑張ってあげようと思ってずーっと付き合っていたら、5時間近くソファの上に拘束。途中30分ほど寝たけど、起きたら火がついたように泣きだし、どうもゲップが出ていないようで、海老反るし、苦しそうだし、本気で心配した。

授乳しようとしても嫌がり、ゲップを出そうとしても海老反り、なにをしても泣き続け、しばらくしてもう一度おっぱいをあげたらやっと飲んで、胸の上で眠りこんだ。

今後の緊急時に備えて、近くの365日開いている小児科クリニックの番号を「よく使う電話番号」に登録する。

登録したスマホの電話帳のひとつ下に、探していた着付けの人の電話番号があった!!

今、夕方5時。リビングのソファで膝にプリンスを抱えながら緑を眺めていたら、急に、「これから先、なんでも穏やかに対処して生きていけそう」という思いが湧いてきた。
人とのやりとりも、こちらが常に素朴にいい人で穏やかにやっていけば、なにも問題はないような感覚。なぜそれを思ったのかはわからないのだけど、急に、本当に急に、生活の中

にあるなんでもないことを楽しみながら生きていける気がしてきた。
今日も私は、この部屋から宇宙を見ている。

6月20日（火）

1ヶ月検診の日。いろいろ聞きたいことが出てきた頃にちょうど1ヶ月検診というものがあるのだなあ、と思う。

すべて良好、ちょっと気になっていたことも払拭《ふっしょく》され、母子ともに順調。前に先生が、「産婦人科医は、妊婦さんと10ヶ月近く毎月会っていて、生命の誕生にも立ち会っているのに、生まれたら1ヶ月検診だけで、あとはさよならなんだよね〜」と言っていた。

「たしかに、これでお別れって、寂しいですね〜」と話す。

ネットの情報というのは、便利だけど、やはり不安をあおるものが多いなと思う。占いと同じ。たくさんの項目の中からたったひとつでも当てはまっているものがあると、そこだけを見つめてしまう。8割は当てはまっていないのに、たったひとつが該当しているだけで。

子供に関して、いつも必ず不安なことが書かれているサイトがある。有名な子育て関係のまとめサイト。参考になることも書いてあるけど、どこかに一言、必ずちょっと不安をあおる書き方がされるので、このサイトはもう見ないことにする。

今日届いた、身長を測ることができるオーガニックのタオル、名前や誕生日入り。これはいいねえ。乳母車にお花とノンアルコールシャンパンが乗ったアレンジメントも届いた。粋でおしゃれ、大人向けの贈り物。こんなにたくさんかわいいものがあると、友達の出産祝いになにを贈ったらいいか迷う。そして、それぞれにその人の好みが出ていて面白い。

6月21日（水）

今日は雨。ようやくまとまった雨、台風のような強風。

午前中、どうしても用事があって、夫と一緒に車でプリンスを連れていく。

帰りにスーパーで、食材を買い込む。これだけで気分転換。

彼は仕事に行き、プリンスは寝入って、午後、つかの間の空いた時間だ。

この時間になにをするかが勝負。仕事か睡眠か筋トレか私のお風呂か片付けか……どれも一度にやろうとすると中途半端になってイラッとするから、ひとつかふたつにしてジックリと。


今日は筋トレにした。最近なんだかイライラする原因はなんだろう？　と考えたら、一番の原因は自分の体型だと気づいたから。眠くても疲れていても、子供関係のことは苦にならない。プリンスは信じられないほどかわいいし、一日中でも相手をしていられる。夫は優しいし、常に協力的で面白い。

そんな中でのイライラは、私の体型！　体重は戻ると思うけど、体型の変化は……やだ！！！！　ということで、一生懸命やった。

6月22日（木）

きのうの夜のプリンス、お風呂のあと、7時〜11時くらいまで眠らず、疲れ切った……ところへ彼が帰宅……したらしい。私はベッドの上でプリンスと一緒に熟睡していて半分夢の中。プリンスをそのまま子供ベッドに寝かせてくれた。

そして私もプリンスも、朝の7時くらいまで寝た。

10年以上お世話になっているご夫妻から、ディオールのファーストシューズが届いた！

かわいい！　こんな小さな丸い箱だなんて。

手の平に
おさまるくらい

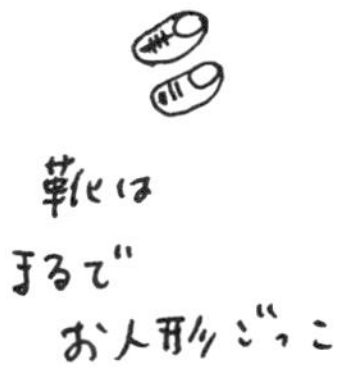
靴は
まるで
お人形ごっこ

6月23日（金）

来月出産予定で、病院にも来てくれたRちゃんが遊びに来る。ハワイのお土産やRちゃんのベビーとおそろいだというベビーグッズやドーナツなどを抱えてきた。

ハワイからのお土産は、私が今一番いいと思っているお店のおくるみ。ここのが一番やわらかくて肌触りがいい。

おそろいのベビー用品は「カシウエア」のクッション（Princeと書いてある！）、そして私が食べたかったドーナツ屋さんのデリバリー。まったくすべてがRちゃんらしい。

ベビーカーの情報を教えてもらった。食事を作ってくれるサービスや、麻布十番のオススメのジムも。

そしてアイフォン7プラスが欲しくなった。Rちゃんが撮ってくれた写真、7プラスのポートレート機能というのがすごかったから。プロが撮ったように人物が浮き上がってはっきり撮れる。「子供の写真を撮るなら絶対これだよ」と言ってたし。

撮影するときにシャッター音のしないものが欲しいので、ちょうど海外に出る友達に買ってきてもらうことにした（シャッター音がするのは日本発売のもののみ）。

6月24日（土）

授乳、オムツ、抱っこだけで一日が終わり、それ以外のことはなにもできていないでガックリするときに、一番癒しになる言葉は、「今日キミは充分に頑張った。キミが一生懸命にやっているということを、ボクはよくわかっているよ」という「容認」の言葉だと思う。

認めてくれるということ、今のままで大丈夫、なんの問題もないよ、という肯定の言葉。

それだけで救われる、それだけが大事。

いつもそんなことを言ってくれる彼は本当にありがたい存在。

6月27日（火）

おっと、気づくともう4、5日過ぎている。

相変わらず、オムツ、授乳、抱っこの繰り返しの日々。

今朝、目の前のことにワクワクと向かっているあの「すごく気持ちのいい感覚」を思い出した。

とてもやりがいがあって充実しているあの感じ。頭がクリアーで、創造性にあふれていて、自分の人生の舵《かじ》は自分が握っているという感じ。

そうしたら急に、「その感覚がないとき」は偽物の人生な気がした。頭に霞がかかっていて、とりあえず今日の目の前のことをこなしているだけの曇った感じ。

本当の人生は今のこのクリアーなスッキリとした感じのときだよね、と思い出す。本物のほうを体験したとき以上に、違いのわかることはない。そうだったそうだった、と思い出す。

今日からまた、目の前のことひとつひとつを味わって取り組もうと思う。

そのためにも、ひとつの動作が始まるときに、そこでなにを味わいたいか確認しようと思った。

たとえば人に会うときは、「この人との会話から最高に充実した気持ちを味わう」とか、仕事をするときは「今の私の最高のパフォーマンスを発揮する」とか……。


午前中はベビーカーの研究。Rちゃんにいくつか質問して、結局教えてもらった通りの組み合わせで買うことになりそう。

ママさんにプリンスを預けて、友達とランチへ。

タンパク質を食べると母乳にいいので、いつもならパンケーキを頼むところをお肉にする。その友達の、「お金に対しての商人的な話」を聞いていたら、私の中ですごくスイッチの入ることがあった。また、あの今朝の充実したワクワクする感じがやってきた。

ランチのあと、うれしい気持ちでベビーカーのお店へ。ここでは、ベビーカーと車の両方にとりつけられるチャイルドシートを買う予定。色だけは実物を見たかったので、サッと確認してすぐに決める。

帰りがけに寄ったお店で洋服を買って帰る。

帰ったら、クーラーの点検の人が来ていた。使ってしばらく変なにおいがするので、掃除をしてもらうことにしたのだ。

リーダー的な人と、見習いのような若者ふたりの3人。クーラーの中を開けて汚れたところを雑巾で拭うだけでも、リーダー的な人は力強くて要領がよく、短時間で隅々まできれいになったのに、見習いのほうはのったりのったり、下から見ていても「あそこも拭いてください」と言いたいところがたくさんあった。完成度ではなくて、なんて言うか、見習いなのに一生懸命さが感じられない。

3ヶ所掃除してもらって、まずはこれで様子を見ることに。これでもまだにおいがするようだったら本格洗浄をお願いする予定。

プリンスは、ちょっと声を出すようになった。今日聞いた言葉は「オックン」。そして、よく笑うようにもなった。窓辺で膝に抱いていると、ニコニコしている。そして、人が来ているときは必ず眠っている。

このあいだ外に連れて行ったときも、用事の最中はずーっと静かに眠り続け、家まであと1分というときに起きて泣き出した。

6月28日（水）

今日は、朝の9時から夕方5時までほとんど寝てくれなかったプリンス。

授乳して寝そうになっても泣き、ベッドに戻すと泣き、添い寝をしても泣き……私はグロテスクな状態で気づいたときには夕方5時……。

そこからママさんが来てくれたので、無心に仕事。

今のうち

その人の近くにいると、その人の考え方に染まる。それはその人のエネルギーや波動に同調するからだ。きのう来た友達が、「たくさんのメトロノームをバラバラに揺らしても、しばらくすると全部同じテンポで揺れるようになるもんね」と言っていた。
神様に祈っている人はその恩恵を受けやすいのも、神様の波動になるからだよね。

この数週間のことを振り返ってみると、新生児育児中は、瞑想のようなものだな、と思う。目の前のこと以外は考えていない、という意味で。
オムツ、授乳、寝かしつけ（しかも予想できないサイクルで）を繰り返す生活には、それ以外のことを考えている余裕がない。なので、自動的に不安なことや余計な心配事なども考えないようになる。

数日前、出産前に気になっていた仕事についてのあることが「解決した」という報告があった。なにもしていないのにいつの間に……。たぶん、私が心配しなくなったことによって、心配を具現化することがなくなって、物事が本来の収まるべきところに収まったんだよね。いや、なにもしていないんじゃない、心配しない、というすごいことをやっていたんだ。いかに、日常生活で余計なこと（考えなくていいこと）に考えをめぐらせていたことか、驚いた。

目の前のことだけを見つめ、やることは、このかわいい生き物の世話のみ……究極の瞑想の時間。

6月29日（木）

明け方、半分眠りながら「落ち着いてひとつひとつを整理して、ゆっくり構えよう」とつぶやいていた。最近、育児が少し落ち着いてきた途端、やらなくてはいけないことが山のように出てきていっぱいいっぱいになっていたけど、「これは来週でいいし、あれも急がなくても大丈夫だから、ひとつひとつを楽しもう」と言っていた、私が……夢の中で。

起きて、それをさっそく彼に話す。

午後は、アメリカンクラブで披露宴の打ち合わせ。妊娠したので、後ろにずらした披露宴……今年の秋にする予定。

招待状のカードのデザインを決める。アメリカに発注するので早めに決定。

ここは、あらゆるイメージのウェディングに対応してくれるようだ。これまでの写真を見たけど、本当に様々なデコレーションがある。

テーブルクロスやチェアカバーなどもたくさんのカラーとバリエーション。意外といいのがオレンジ。オレンジとワインレッドは秋の結婚式であったかそう。シルバーとパープルはシックな大人婚。海が好きだったりしたらブルーとシルバーもいいし、ああ、ピンクとワインレッドというのもかわいいねえ。ふたりともゴルフとハワイが好きだから、グリーンとティファニーブルーのカバーでもいいかも……。ナプキンリングを貝殻にしている写真があった。

同じ「海をテーマに」でも、「アメリカ西海岸と東海岸とどちらがお好みですか？　ハワイらしくであればまた違う提案を……」と、アメリカンクラブなので、さすが、パーティーは得意そう。

少し気持ちが上がった。

今、去年の日記（『毎日、ふと思う⑮』）の読み直しをしているのだけど、去年の6月タイに行ったときのことが出てきた。タイの「アユタヤ」で、私のルーツがひもとかれた、という話。

「博物館を出たところに、鉄でできた帆船のオブジェがあった。おおお、そうか……、やっぱりね、帆帆子だしね。

数年前にベトナムのホイアンに行ったときも、一番好きと思った建物が、貿易の無事を祈るための場所だった。そしてそこにも『順風満帆』という意味を表す『帆船』のオブジェがあったんだよね……。」

このときのことを思い出して、この数日、「ヨット」について考えていた。ドバイでも、王族のマクトゥーム家の方々からお土産に「ヨット」をいただいたし、ね。

「『秘密の宝箱計画』が進んでいくと、きっと今より海外に縁が広がると思うから、それもヨットに関係あるね」と彼と話したりして。

そうしたら、数日前からプリンスへの贈り物に「ヨット」のモチーフが続出している。ヨットが編み込まれた夏物のセーター、ヨットのクリスタルの置物、ヨットの形のおもちゃ、他にもまだあったけど、なんだっけ……そして今日、自宅のマンションのごみ置き場に、素敵なヨットの模型が捨てられていた。拾うべき？　と思うほど。

6月30日（金）

ウェディングドレスを見に行く。

……なんか、どれもいまいち……そもそも、産後1ヶ月半の状態で試着というのに無理がある。はじめによさそう、と思ったドレスは着てみたらまったくイメージが違ったし。これは……出直そう。

その帰り道、私が原因で大失敗ということが起きた。
どうしよう……、これが原因で取り返しがつかないことになったら……と一瞬思ったけど、防ぎようがなく起こったことなので、「これもあとから考えればベストなことが起こっているのだろう」と思うことにする。これでよかった、と関わるみんなが思えるような結果に早くなりますように。

→ 1年後に読み返している今、なんのことだったか全く思い出せない…

7月1日（土）
今日はお宮参り。
朝の9時に着付けの人が来て、着物を着る。
ママさんは「太ってから着物が似合わないから、納得いくようになってから着るわ」と言っているけど、その日はいつ来るのだろう。それに、今日みたいな日に着なくていつ着るのか……ということで、結局着た。

雨は、出かける頃にはすっかり上がっていた。

プリンスは相変わらず、外に出たらすやすや。

日枝神社でみんなと合流。

本殿で祈祷をしていただいた。神楽も、祝詞も、清々しく、これから息子は世界に出ていくんだな、と思ったら、うっすら涙が……。私のパパさんが、プリンスの口にちょっとだけお神酒を含ませて、お宮参りは無事終了。プリンスは静かにおりこうに乗り切る。

隣の写真室で写真を撮る。これがもう大騒ぎ。プリンスを笑わせるために、ふたりのスタッフさんが、音の出る変なものを次から次へと取り出してカメラの横で振りまくる。

「は〜い、こっち見て〜、は〜いこっちよ〜（ガラガラガラと音の出るおもちゃ）」

「大人の皆さまは常にカメラを見ているようにお願いします」

「はい、赤ちゃん、今あくび中です、ちょっとお待ちを、は〜い、こっちこっちこっち（ガラガラ）」

「お母様、お子様の首をもう少し左側に」

「はい、お父様はそのままで〜。お父様というのはお若いほうのお父様です！」

「は〜い、こっちこっちこっちを見て〜（ガラガラガラ）」

「大人の皆さま、もっと笑って〜」

「もう少し前傾になってくださ い〜、あ、お子様じゃなくてご両親様です〜」

「は〜い、もう少しです、こっち見て〜（ガラガラガラ、シャンシャンシャンシャン）」

というのが延々と繰り返される。

どうしよう、笑いが止まらないけど。

すごくいい写真が撮れた。

終わって、アークヒルズクラブで食事。

パパさんがお祝いに用意してくれた絵本がとてもよかった。銀座シックスのツタヤにしか売っていないという英語の本。表紙に、また大きくヨットの絵。

土曜だけのローストビーフのコースが予想外に丸! 前菜もお肉も、何回でも持ってきてくださる。プリンスは借りたベッドの上で騒ぎもせず、おりこうおりこう。

7月2日(日)
きのうの疲れで、今日は9時半までグッスリ。
彼はゴルフ。

午後、仕事。手帳のデザイン。息子を膝の上に寝かせながら。

夜は久しぶりにバジリコのパスタを作る。

7月3日(月)
今、明け方4時。

きのうは食事のあと、久しぶりにゆっくりお風呂に入り、出てからちょっとだけワインを飲んだらいい気分になり、11時くらいからウトウトして夜中の1時、プリンスの泣き声で目が覚めた。そのまま目が冴えたので、連載の原稿を書き、スマホサイトの更新をする。どっちみち、昼間はなにもできないので、夜に仕事をするというこのスタイル、いいかもしれない……。

プリンス、だいぶ重たくなった。今5キロ。顔もぷっくり、足もムッチリしてきた。

7月4日（火）

今朝起きて、イライラがマックスになっていることに気づき、このままではまずいと思って、ジーッと考えた。

というのも、きのうは一転、夜になってもプリンスがなかなか寝てくれず、夜中に仕事をしようと思っていたのに疲れ切って寝てしまい、またなにもできなかったのだ。

そのイライラと、今後やらなくてはいけないことを考えたらどんどん苦しくなり、モヤモヤしてきて……これではまずいと思った。

そこで、今の私が一番居心地のよい捉え方はなにかと考えたら、「昼間はなにもしてなくていい！」と決めることだった。

プリンスに関することと、最低の家事以外はなにもしなくていい。仕事は夜中、できるときにすればいい、プリンスとゆっくりゴロゴロしているだけで充分、そしてもっと楽しいことに出かけてもいい……そう決めたら急に気持ちが楽になった。

さらに、家族3人で行きたいところや、私がひとりで行きたい場所（なのに行けていなかったところ）が次々と浮かんで楽しくなってきた。

というところへ、軽井沢にいるママさんからライン。今日来るお客様のためのテーブルコーディネートの写真が送られてきた。素敵〜！

さっそく電話して、今の決心を伝える。

私にとって、一番自分をホッとさせた考えは、プリンスと一日遊んでいていい、ということ。そんな当たり前のことなのに、意外と真面目な私は、こうしている今もやらなくてはいけないことがある、と思い、でも机に向かうと、昼間はすぐに中断されるので、それの繰り返しで、子育ても仕事もどちらも満足にできずに苦しかった。でも「昼間はもっと遊んでいい」とわかった途端、急に気楽な気持ちになった。

今の自分への容認。「容認」は……本当に効果的。

7月5日（水）

きのうは夜中じゅう仕事をして、明け方お風呂に入り、いい感じ。

彼が出かけたあと、朝の10時頃まで起きていた。

そして、それから一日プリンスと遊ぶ。

だんだん笑うようになって、「アー」とか「ウー」とか声を出している。軽井沢にいるママさんに、カメラをオンにして電話する。

お昼、彼がちょっと家に寄って、オムライスと、トップスのチョコレートケーキや大判焼きなどを置いていった。


物事の捉え方の切り替えの早さが、生活の好転につながるな、と思う。

7月6日（木）

きのうも夜中にいそいそと仕事をしようと思っていたのに、眠くなって寝てしまった。

でも、今はこれでいい、ともう決めたので、さわやか。

夫にプリンスを見てもらって、朝食用に、近くのお店のサンドイッチを買いに行く。

店内はさらに手が加えられて快適になっていた。ここ、宅配もしてくれるらしい。

「え？　こんなふたり分とかでも？」

「ぜんぜんしますよ！」

うれしい。

ウーちゃんから、朝採れの美味しいトウモロコシが届いた。

今お昼。プリンスは膝の上ですやすや。

相変わらず、たまにチローンとこっちを見る。

「はいはい、いますよ、ここに。そーっとベッドに寝かせようなんて、もうしませんよ」

7月8日（土）

友達が買ってきてくれたアイフォン7プラスがきた！

さっそく、シャッター音のしないカメラでポートレート機能を試す。

画面も大きくなってとてもうれしい。これまではアイフォン5だったから小さかった。困っていなかったけど、出産してから、小さい画面でずーっと見ていると目が悪くなりそうなので。

チーちゃんが「すっごくいい！」と興奮していたDVD「モアナと伝説の海」を買ったら、すっごくいい！

なにこれ……。なにこれ、すっごくいい！！！！

一番はじめの象徴的なシーン、モアナが波とたわむれるところからもう泣ける。

これは小さい子供ができたからだよね……すごいよねえ、この感覚。モアナがうちの子に見えちゃう愛おしさ。

7月9日（日）

きのうに続けて5回目くらいのモアナ。

地下に潜ってヨットを見つけて過去がよみがえるあたりなんて、最高。

これは……私のためにあるんじゃないか？　と思うほどの感動。あ、またヨットだ……。

「車につけるプリンスの、なんだっけ？　コシコシとかいうの」

と夫が言っている。

「……マキシコシね（笑）」

私が使っているベビーカーは、フランスの「ベビーゼンヨーヨー」という、ものすごく小さく折りたためるもので、そこにエアバギーの「マキシコシ」を取り付けて使っている。

マシキコシは取っ手がついていて持ち運べるので、室内の床にも置けるし、車のベビーチェアとしても使えるので、とてもいい。

すべて、Rちゃんからの情報。

そしてベビーゼンヨーヨーはベビーカーの面影がなくなるほど小さくなる、それも片手で簡単に。広げるときも片手でパパッと……本当によくできている。

それにしてもマキシコシ……マキシコシ、マキシコシ……。

マキシコシを車に取り付けて、プリンス、はじめてのお出かけ。

行き先は私の実家。うちから30分くらいだけど、ドキドキ。

プリンスをママさんに預け、私と彼はカフェでブランチ
ふたりだけで外でブランチなんて、数ヶ月ぶり。

ハンバーガーを食べた。

それから運動のために、カフェの近くを散歩。

住宅街の路地裏をプラプラしていたら、子供がたくさん集まっているところに来た。ふと上を見ると「将棋会館」の看板。今をときめく将棋会館はこんなところに！　子供たちの手には、藤井聡太の顔がついているクリアファイルやグッズが握られていた。本当にブームなんだね。

あまりの暑さに、予定の半分くらいの距離で車に引き返す。

スタバでいろいろ買って、ママさんへのおみやげに。

プリンスはたまっていたうん○が出たって。よかった。

夜、引き続き運動をしようということで、ブートキャンプをやった。

ものすごく苦しく、体力がなく、体が重い。途中プリンスが泣き声を出すたびに、交替で抱っこしながら踊り続けた。

7月10日（月）

きのうは、ブートキャンプなんてやったので、夜中にとても起きてはいられなかった。

午前中、来年の手帳の打ち合わせ。

急いで帰って、ママさんとバトンタッチ。

寝たかな、と思ってそばを離れると泣きだすので、寝たままアイフォンでメールを返信したり、できる部分の仕事をしたり、ネットで買い物したりした。

夕方、またママさんが寄ってくれたので、雑用の続き。
同じことを朝からひとりでやっていると疲れ切っちゃうけど、話し相手がいると、だいぶ違う。

7月11日（火）

きのうも夜に仕事しようと思ったけど、眠くて眠くてなにもできなかった。
ふ〜。この期間をなが〜いスパンから見れば、人生のほんの一瞬。二度と体験できないかもしれない一瞬。

プリンスは、だいぶ成長したと思う。ひとりでウーウー言いながら起きていても、泣かないようになってきた。それでもしばらくすると泣くけど、ひとり遊びのできる時間がちょっとずつ長くなっている。

7月12日（水）

今日も、「ママさん様様（さまさま）」だった。
9時半に来てくれたので、私はベビーカーのお店に行き、蚊よけと日よけがセットになっているフードを買う。来週からの軽井沢に備えて。それからスーパーで買い物。途中でママさんからライン。

「2日分のうん○が出ました」

「素晴らしい！　やっぱり、バーバの力が必要ね～」

数日前くらいから、うん○が出にくくなっているプリンス。こよりでこちょこちょこちょ、を繰り返している。

はあ、スーパーに行くだけでかなりの息抜き。いろんなものを買ってしまう。

私「スーパーに行くだけで息抜きってどうよ！」

マ「今はそういうものなのよ（笑）」

プリンスが寝ているあいだに、10月にあるホホトモサロンと、AMIRIの打ち合わせをして（すべて電話で）、慌ててお昼を食べる。

途中、プリンスが起きたけど、目を開けてウーウー言いながら泣かずにベッドに寝ているなんて、かなりの進歩。

私「昼間に寝てくれるのなんて、この3週間くらい、なかったよ!?」

マ「あなたの寝かせよう寝かせよう、というのが伝わっちゃってるのよ」

そうかも……。

それから夕方まで、ずーっといろんな家事をしてくれたので、私もかなり仕事ができた。

最後にお風呂まで入れて寝かしつけ、じゃあね、と帰っていく頼もしいママさん。本当にありがとう。

7月14日（金）

今日から、プリンスも一緒の初軽井沢。

プリンスの洋服、哺乳瓶やオムツのセット、移動式ベッド、おもちゃ類、ベビーカー、チャイルドシート、車の中で泣いても大丈夫な準備など……大変、大変すぎる……。

5時に起きて、家を出たのは10時近かった。

ママさんをピックアップする。実家までプリンスと車の中でふたりなので、泣きだしたらどうしようかと思ったけど、大丈夫だった。彼は17日に来る予定。

慌ただしかったけど、ママさんを乗せて無事に出発。

高速道路に乗った。

「軽井沢に、いつの間にかあなたの子供と一緒に行くことになってるわねえ」

と、ママさんがしみじみとつぶやいた。

本当にそうね。いつの間にか、ね。

この軽井沢の道中、私はいつもママさんにいろんなことを相談していた。特に恋愛関係。相談、報告……興奮、ため息。それが全部完了して、ついに孫登場……。

ツルヤで、はじめてベビーカーに乗せた。数日前に買いに行った、蚊よけと紫外線防止のネットが大活躍。この薄いシートがかぶっているだけで、外界から守られているような気持ち。

7月15日（土）

おお、軽井沢、涼しい……。

プリンスもぐっすり寝たようで、首のあせもも治ってる。

昼間、ベビーカーで近くを散歩して、あとはずっと部屋にいる。私の寝不足も解消された。

きのうはお刺身、今日はステーキ。

7月16日（日）

きのうも今日も晴れ。これまでほとんど外に出さなかったプリンスを太陽の光に当てると、目をパチパチさせる。

「なんだか大きくなった気がする！」

プリンスを抱いている私を見て、ママさんが言う。

いつも、数日に1回、私のパパさんにプリンスの写真を送っているけど、それへの感想が面白い。プリンスがよくやっている、親指を人差し指と中指の間から出して手を握っている写真を見て、「こうやって手を握る子は、感性がある証拠です。理由は今度、教えます」というコメント。別に理由はいい。

はじめてチャイルドシートに乗ったときに、こっちに手を挙げているように見える写真のときは、「もう、手を振れるようになったんだね、優秀！」だった。

パパさん、手を振れるようになるのは、まだ相当先だよ……。

そしてさっき、今日の写真を送ったら、

「もう3ヶ月になるんだね」

と……パパ、2ヶ月だよ。

午後、庭でプリンスと一緒に写真を撮る。アイフォン7プラスのカメラの機能はすごい。まるでポートレートのようだ……あ、ポートレート機能か。

夜、彼が来た。

「なんか、大きくなってる」と言っている。

やっぱり？　最近、一日経つごとに変化している。

ところで私の体重のほうは、軽井沢に来る前にあと2・5キロというところまで減っていたけど、こっちで食べちゃっているからダメだろう……。

7月17日（月）

朝、彼をゴルフ場まで送り、私は仕事の続き。

夜は、彼と一緒に軽井沢の集まりに出る。全部で20人くらい。軽井沢駅の続きにある、線路の上にあるようなお店に行ったけど、この会の人たちがお金を出して作ったんだって……飲んだあと、すぐそのまま新幹線に乗れるように。

いらしていた一組のご夫妻は、気軽にヘリコプター移動するらしくて、なんと軽井沢までもヘリコプターで来たという。ヘリポートまでが遠そうだけど……。

それからみんなで筋肉の話で盛り上がった。披露宴まで3ヶ月、やっぱりボディメイキングのトレーナーに通おうか、検討中。

それからひとりの別荘に移動、そこの立派なバーで遅くまで話し込む。

7月18日（火）

東京に戻りました。

お昼すぎ、編集者さんに原画を渡す。午後も仕事。

7月19日（水）

きのう運転をしたからか、ものすごく疲れて沈むように眠った。

午前中はゆっくり休む。

午後、滝川クリステルが遊びに来る。ふたり分でもデリバリーしてくれると言ってくれたサンドイッチ屋で、卵のサンドと揚げ野菜のサンドを頼む。

お互いの最近の話をいろいろ。男女間の話がほとんど。

私と彼女はちょっと似ているところがあるので、結婚については、相手から「今のままの君でいいよ、なにも変わらなくていいよ」と、100%自分のことを認めてくれる人じゃないとダメだよね、と話す。なにも手伝ってくれなくていいから、今の私のままでいい、という人。それを本心で無理なく思っている人じゃないと、相手も苦痛だろう。

でも、彼女が今まで付き合ってきた人は、それとは真逆だと思う……それ、わかるなあ。私も過去に付き合ってきた人は、みんな「オレ（様）について来いタイプ」だった。または無言でそれを課されるような。私がそういう人を好きだったのだから仕方ない。でも、長い年月をかけて、私にはそういう人は合わないということがよくわかった。合わないけれど好きなんだもの、なんて当時は思っていたけれど、合わない人とは一緒に暮らせない。つまり、恋だったら前者でいいけれど、愛に変わるには合う人じゃないと……。

そういう人が見つかって、本当によかった。

7月20日（木）

どうしよう、やることが多すぎて、焦るを通り越してドキドキする。今週中に提出しなくてはいけないものもたくさんあるのに、昼間はまったく机に向かう気がしない。やっと気持ちが上がってきても、そのときにプリンスが寝てくれているとは限らないし。そして披露宴の準備……これが想像以上に大変。

夕方、着物を着て、ニューヨーク大学主催の対談講演を聴きに行く。臨済宗と曹洞宗の僧侶の対談、素晴らしかった。

この枠にはまっていない広義な解釈と、日常に根付いている禅の教え。

「禅を一言で表現するとしたら、なんでしょうか?」

始まりから核心をついたインタビュアーのこの質問に、臨済宗の僧侶は、

「理論ではなく、実践体験の中にあると思います」

と答え、曹洞宗の僧侶は、

「禅的なものは、あらゆるものにあります。私の捉え方としては、外側に頼らず、自発的にクリエイティブにあふれ出るように生きる、そこに禅的なものを感じます」

と答えた。ブラボー!

どちらも、この前段に「『禅宗』と『禅』は区別しないといけない。大陸から日本に伝わった宗教としての禅宗と禅は異なり、宗派は形であり、書物に書かれてあることを読んでも、そこに禅は書かれていない」というようなことを話されていた。

つまり、「禅」はそれぞれの生活の中にある、ということ。理論ではなく、自分の生活で

つかんでいくということ。

「私は今の仕事がとても好きで楽しいけれど、果たして自分が人のためになっているかどうかわからなくて……」

という質問に対して秀逸だった回答は、

「なにが相手の救いになっているかはわからない、たとえば、自分はただここにあった物をあっちに移動しただけなのに、まわりまわって誰かを救うことになっていることもある、今その仕事が楽しいのであれば、それが人のためになっているかどうかということは考えなくていいと思います」

と答えられた。

相手にとってなにが響くか、なにが救いになるか、なにが棘《とげ》となるかはわからない。それはこちらではなく相手が決めることだ。

人のためを思うのは素晴らしいことだけれど、救う側の人が苦しみながら「人のために」と頑張るのは、「似て非なるもの」だ。相手から見れば、「この人をこんなに苦しめてまで、自分は救いの手を差し伸べられなければならない存在なのか」と、一層、自分を哀れに感じるかもしれない。もちろん、哀れに感じないかもしれない。つまり、相手の受け取り方は相手の自由。

本当に他人を幸せにできるのは、その人自身が幸せを感じている人だ。自分自身が満ち足りていると、ただ普通に自分の日常を過ごしているだけでも、誰か（私）を助けることにつ

ながっていたりする……だからこそ、この僧侶の回答のように、

「それが楽しければ、人のために役立っているかどうかは考えなくていいのでは……？」

ということになるのだ。

さらに興味深かった質問の3つめは、「『欲』というものを禅的に見るとどうなるか？」という質問。ビジネスをする上ではどうしても利益を出さなければならない、という立場の人からの質問。

「欲には小欲と大欲があり、小欲は自分がこうなりたいという自分のためのもので、大欲は自分のためを超えた、心の底から湧き上がってくる、やらずにはいられないような感覚のもので、向かう意味があるもの（だと思います）。小欲については、まず、それが本当に自分が欲しているものかどうかを見極める必要がある」

と話された。

家族や世間、その人が属している社会の常識など、まわりの基準で生きていると、まわりのものが欲しがっているものを、まるで自分も欲しているかのように感じてしまうことがあるけど、よく自分の心に聞いてみると、そこまで欲していなかった、ということはよくある。

これは、望みを実現するためにイメージングをするときにも、はじめに確かめる必要のある大事なことだ。自分の本音と望みがずれていると、いくら望みをイメージして引き寄せようとしても引き寄せる力が弱くなる。心の底からワクワクしていないからだ。また、もしそれを達成しても、すぐに次の幸せ探しを始めることになりがち。

大欲についての「心の底から湧き上がってくるもの」とは、私流に言うと「どうしてか理由はわからないけれど感じる心の本音」のことだ。なぜか説明できないけれど無視できない心の声、無性にそれをやりたいと思う、それが大欲である……ということは、自分の本音で心が反応することをやればいい、ということになる。

さらに言うと、自分の本音で感じていることであれば、その内容が小欲的なもの（自分はこうなりたいという個人的な望み）であってもかまわない、と私は思う。小欲をきっかけに大欲に転じることもあり、そもそも、どこまでが小欲でどこからが大欲かもわからない。「物を移動しただけのことが誰かの救いになるときもある」という話のように、表面だけ見れば小欲的でも、そこに誰も気づかない大欲的な意味が隠されていることもある。

どちらにしても、ポイントは自分の心から湧き上がってくるような思いかどうか、ということだ。

そして興味深い最後の質問。

「これまで話をうかがってきて、結局我々はいかに生きるべきなのでしょうか？」

臨済宗の僧侶は、「おもろく生きる、ということでしょうか？」と答えた。

人生にはあらゆる種類の事柄が起こるが、大波も小波もひとつの出来事、人生を彩っていることとして面白がって味わって生きる、という意味。おっしゃる通り。

同じ質問に曹洞宗の僧侶が答えた。

「簡単に言うと……そんなこと、聞くな、という感じです（笑）。その人の自由でいいんですよ」

偉い人が言ったからこう生きる、ではなく、それぞれが自分の生活の中で自由に体得すればいい。昨今、なんでもマニュアル化されていて、どうするのが正解か、どう生きるのがよいかなどまでルール化されているために、自分の感覚や意見を持てなくなっている人が多いような気がするけれど、自分独自でいい、ということだ。

これを聞いて、あることを思い出した。

以前、ある大手出版社にお話をいただいて子供向けの童話（物語）を書いていたときに、そこの編集長が言ったらしい。

「どこで泣かせるか、どこで笑わせるか、起承転結をはっきりさせないと、子供がわからなくなる」

驚いた。どこで泣くかなんて、その子（人）の自由ではないかなぁ。泣くのを誘導させる必要はない。作者の思ってもいなかった場面が心の琴線に触れたりすることこそ、子供の感性の面白い部分なのに。子供の感情を誘導させていくような書き方に変更する気はどうしてもしなくて、この話はやめさせていただいたのだ。

なんでもマニュアル化し、いつも「〇〇のやり方、正解」を読まないと進んでいけないようになれば、そこに書かれていないことに対応するとっさの柔軟性や、自分の意見などはなくなっていくだろう。人生なんて、マニュアルに載っていないことだらけ。

また、人の感じ方に正解はない。さらに言うと、正解を生きることと幸せになることはまた別だ。

生き方にも正解はない……仮に、まわりの人から「素晴らしい生き方」と称賛される人生だとしても、その本人が深い幸せを感じていなければ意味がない。

「その人の自由でいい……（だからそんなこと聞くな（笑））」

と答えられた僧侶に「あっぱれ」と感じ、未来に向かってまたワクワクと拓《ひら》けた気持ちを感じた。


そうそう、ひとつ残念だった、と言うか、しらけたのは、ＮＹＵ（ニューヨーク大学）卒業生で、今回の講演を聴きにきていたあるアナウンサー。会場からの質問のときになにか聞くように事前に言われたので質問したそうだけど、取材のテレビカメラ（講演の記録と紹介のために）が入っていることを事前に聞いていなかったとかで、「他のテレビに出るのはまずい」と言い出したらしい。

「でも、仕事ではなくプライベートで自発的に聴きにきた講演会で、たまたまテレビが入っていた、ということだったら大丈夫なのでは？」

と誰かが言ったら、

「でもテレビが入っているって知ってたら、もっとまともな質問したもん」

だって。みんな、シーンとする……テレビが入っているときといないときで、質問の内容を変えるんだね……。

7月21日（金）

室内にいる時間が長いので、最近よくドラマを見るようになったけど、渡辺直美の「カンナさーん」というドラマが面白い。渡辺直美が好きなので、見ちゃう。同じ家事でも、こんなふうに面白くやらなくちゃね、とか思う。

さて、今日からプリンスの予防接種が始まる。

新生児から乳幼児まで、こんなにたくさん受けるとは……。

今日は４つ。３本は注射でひとつは飲み薬。

飲み薬を口の近くに差し出されたら、すごい勢いで吸いついてゴクゴク飲み干していた。「おお、これは普通の3倍くらいの早さ……」なんてお医者さんにつぶやかれ……。

帰って、深夜まで仕事。

7月22日（土）

今日からまた軽井沢。

朝の6時半に起きて、準備。バイク便に出す原稿とか、その他いろいろあって、10時半にようやく準備が整う。そのあいだ、プリンスはまたおりこう。準備のあいだじゅう寝ていてくれたし、前に病院に行ったときも、車の中でも、人が来たときでも、親が「今うるさくされると困るなあ」というときはずーっと寝ている。

夫の実家に寄る。夫の弟（プリンスのおじさま）に、はじめて顔を見せに行く。とっても喜んでくれた。お母様も、変わらずお元気でさばさばしていて居心地がいい。

手ぶらで行って、お寿司とメロンとスイカ、お菓子などをいただく。

軽井沢に着いて、今日の夕飯は、再びたっぷりとしたお刺身。

夜、共同通信とまぐまぐの原稿を書く。

7月23日（日）

雨。たしか去年のこの時期も、彼が来た期間だけ雨だった気がする。

残念……でもまあ、部屋の中でまったりしよう。

来年、扶桑社から出す手帳の作業。机に座ったらすぐにエンジンがかかり、楽しく書き続ける。

7月24日（月）

プリンスは、夫に抱かれた途端に静かになり、ニコニコする。男の人の手の大きさの安定感、かな。

「それとね、あなたの場合は寝かせよう、寝かせよう、というのが伝わっちゃってるのよ（笑）」と言っていたママさんの言葉、本当にそうかもしれない。

手帳の作業が大詰め。この日記シリーズ『毎日、ふと思う⑯』も。グググッと集中したい。

7月25日（火）

明け方4時半、プリンスは授乳のあと、夫の横に寝転んで静かに手足をバタバタさせている。不思議……私が隣にいると、泣きだすのに。この人（パパ）はおっぱいはくれない、ってもうわかるのだろう。フニフニとかわいく遊んでいる。

おとといもきのうも家の中だったので、午前中はちょっと遠くにできた新しいカフェに朝食を食べに行く。別荘地の中の小さく気持ちのいいカフェ。

軽井沢が気に入って住み着いた外国人が、若き音楽家たちのために建てた建物を改築して作られたカフェ。私はエッグベネディクトのチーズとスパム、夫はチキンを頼む。

素朴な若者がひとりでウェイターをやっていた。とても忙しそう。

「手伝いましょうか？」とか言っている彼。

テーブルの前には軽井沢らしい庭が広がっている。ああ、いいね。

「帆帆ちゃんの家でも、こういうのできるね」

前に、キッチンのカウンターに、家族や友達が数人座っているときに玄関のドアを開けていたら、「なんのお店ですか？」って、通りがかりの人が入ってきちゃったことがある。

軽井沢の家の庭がもう少しこうだったらいいな、とか話す。
彼「え？　そうだったら、カフェやりたいの？」
私「いや、違う……」
午後は、日記のカバーのイラストを描いた。

7月26日（水）

きのうは夜中も雨。ときどき雨足が強まりながら激しく降っていた。

早朝、彼は東京に戻り、入れ違いにママさんがやって来た。

今週は、また毎日仕事の締切りがある。今はそんなふうに誰かに管理されないと先に進まないので、ちょうどいい。

ドバイでお世話になったFさんから連絡があった。ドバイの王族の人たちと食事をしたときに私の話が出て（前にドバイでご自宅に呼ばれたので）、「よろしく言っていたよ」というメッセージが写真とともにきた。そうだ、Fさんを披露宴のリストに入れるの忘れてた。

披露宴のゲストリストを7月の終わりくらいまでに作らなくてはいけない。

今回の招待客は、義理やお付き合いではなく、今本当に呼びたい人、好きな人、これからお世話になる人など未来に焦点を当てた人選をしようね、とよく話している。

私はすぐにできるけれど、彼のほうは結構大変……迷いどころを聞いているだけでクラクラする。

さて、そんなことを考えながらも今日は彼の誕生日。6時過ぎの新幹線で戻ってきた彼と、

「オーベルジュ・ド・プリマヴェーラ」でお祝い。

プリンスのことと、生まれてから今日までの話をゆっくりと。それから未来の展望。

「帆帆ちゃんって未来の展望を語るの好きだよね～」

そうね……話しているだけでパーッといい気分になるからね。

7月27日（木）

外は雨、結構降っている。

きのうは楽しかった。未来の展望のくだりを思い出す。

彼「なに？」
私「もう一度、話そうか？　未来の私の展望」
彼「いや、もういい」

軽井沢にいると、大人の手が多いので本当に楽。

助けがあると思うだけでも楽。

たっぷり寝られるし……私が。

今日、彼はまた東京。

7月28日（金）

早朝、ベッドの中でママさんと話す。

帆「子育ての、特に新生児育児のときって切り替えの修行だよね。やろうと思っていたことがやっとできると思ったら、もう泣きだすから断念しなくちゃいけないし、育児についてやっとコツをつかんだと思ったら、そのコツはもう次の週には使えなくなってるし（笑）。切り替える修行。いつも目の前のことを楽しむ技を習得中って感じ……。仕事に夢中になって、子供のことを全力でできていないのもストレス」

マ「あら、どんなに忙しくても、今日の子供のことも同時に楽しめばいいのよ。あなたは真面目だから、〝これを終わらせたら完全に向き合って楽しもう〟なんてしないで、同時に楽しめばいいのよ」

帆「そうだよね〜。だからやっぱりちょこちょこ切り替えだよね。プリンスに仕事を中断されたら、すぐに切り替えて一緒に遊ぶ、授乳しているときもそれを味わう。常に『今』だよね。今抱えているなにかを終わらせてやっと子供のことを楽しもうなんて思っていたら、もう大きくなっているからね」

マ「そうよ、全部同時進行よ。暮らしそのものが楽しみよ」

5分ほど経って……。

マ「○○（私の弟）が起業をするときに、情熱があれば絶対にうまくいくと言っていたわ」

帆「へえ、いいこと言うね。私が情熱を感じられることはね、ひとつはやっぱり精神的な真理の追究、これは本を通して書いているでしょ？　もうひとつは、自分が本当に好きなものに囲まれて暮らしたいということ。で、暮らすだけではなくて、そういうお店をやりたい、ということよ」

マ「暮らしがそのままお店になるような感じでしょ？」

帆「そうそう、と言ってもね、小さな雑貨屋さんとかをやりたいわけじゃないんだよ？　もうちょっと大規模なの（笑）」

マ「そんなことわかるわよー、私を誰だと思ってるの？　……ママ様よ」

帆「そうだよね〜（笑）。私の場合は、そういう未来の予定があると、子供が泣いても、仕事に追われても、ああ、今はそういう時期で、これもあの未来に必要な一部なんだろうなって、もうひとりの私が今の私を観察しているような感じになるんだよね。でも、その流れを意識できないダメなときって、上っ面の表面の部分で、霞がかかっているように動いている……。そういうときは毎日起こることがブツ切りに感じるし、ひとつひとつがただのこなし作業に感じたりして、なんのつながりも感じられないんだよね……。なんかこう、人生全体の流れを感じて、もうひとりの自分が私を観察しているような状態になれているときは、なにをしていても楽しい、日々の小さなことも全部楽しめるの」

マ「それがもっと進むと、泣いても楽しい、なにをしても楽しい、という状態になるのよ」

帆「そうか……それ、ちょっとメモするわ……」

と、ムックリ起き出して、今これを書いているところ。

続けて盛り上がった話。

帆「モヤモヤするときって、自分の元、大元ね、それがサポートしていることと違うことをしているときなんだと思う。サポートしていること、っていうのは、本音のこと。本音は宇宙からのものだからね」

マ「なにかの本で読んだんだけど、大元がハイヤーセルフみたいに呼ばれているものだとしたら、それにつながっている魂があって、その次……と言うか外側？　に精神があって、その次に意識があって、その一番最後に感情がある。その感情が、私たちに大元とずれているか合っているかを教えてくれるのよね。この感覚、ママはわりとわかるわ」

帆「そうそう。大元は宇宙とつながっていて、それを本音という方法で教えてくれている。いつもそれを全力でサポートしているのに、末端にいるボディを持った私が、それと違うことや違う方法で進めようとすると、モヤモヤ感じるんだと思う」

軽井沢って、やっぱり私にとってパワースポットだと思う。

7月29日（土）

今日は、軽井沢にウー&チーちゃんが遊びに来た。

プリンスは体格のいいウーちゃんにすっぽりと抱かれ、なにも言えずに体を預けている。

「こういうナニー、フィリピンあたりにいるよね」

「いるね〜、いるいる」

「これでおっぱいが出たら最高なんだけどね〜」

「ほんとにね〜、残念ながら出ないの」

とか言ってるウーちゃんは、男子２名（今では立派な社会人）を育て上げた59歳。

……59歳……信じられない。

今日のキーワードは「大人の部活」だった。大人の部活のように過ごしていきたい、というもの。これからの時代にうまくいく経済活動のスタイル。

大人が集まって、学生のときの部活のように、先を心配せず、ただただ自分の好きなことに毎日打ち込む。でも「大人の」部活だから、そこから自然と利益も出てしまう。でも「部活」だから利益が第一目的ではなく、「ただそれが好き」という基準で、そこに集まっている人たちがワクワクすることが目的。ビジネスだから利益が出る（出す必要がある）、というのは今と変わらないのだけど、その流れや動機が違う。好きなことをしていたら勝手に利益が出てしまう、という図式。

7月30日（日）

私って、きのうやおとといのような、本当に心を深め合えるような時間が定期的にないとダメ。それが必要。それがないと欲求不満になる。

そういうことを話しているときは饒舌《じょうぜつ》になるけど、そうではないときは結構寡黙。ほとんどの人の前で、こういう話はしない。

さ、今日も大人の部活をモットーに活動！

いつものお店にパンを買いに行ったら、きのうまで閉まっていた、軽井沢にいると必ず寄るお店が開いていたので、いそいそと家に戻りプリンスをバギーに乗せてママさんともう一度出かける。

ママさんと仲良しのそこの女主人とも楽しく話して、夏のサマードレスを買う。そのほか、タオルとカフェオレボール、ティーセットなど、友達のプレゼントに。

7月31日（月）

いつも、夜中はずっと寝てくれるプリンスだけど、昨日は8時頃に寝たので、これはさすがに夜中に起きるんじゃないかと思っていたらやはり、3時半に起こされる。

授乳したら、かわいくフニフニと動いてスムーズに寝た、といってもすでに5時近い。

1時間半も経っているのに「スムーズに寝た」とか言っている世の母親の大変さよ……。でも決して嫌だと思わないこの母性よ……とか思う。

そのままママさんといろんなことを話していたら、気持ちが上がってきて「まぐまぐ」の原稿を書く。

やっぱり、「あさ、ほぼ、みこ（朝、ほぼ巫女）」だな。

ああ、久しぶりに太陽の光が差してきた。

8月1日（火）

きのう東京に戻って、今日はおしゃれでスタイリッシュなYちゃんがプリンスに会いにきて来てくれる。Yちゃんの清々しさ、いさぎよさ、明るさが、私は好き。

イギリスでベビー服を買ってきてくれた。ハロッズベビーのものなど、中間色に感動する。薄いグレーとか、ブルーとベージュのあいだとか。

日本の製品って、男の子はたいていブルーだし、女の子はたいていピンクだし、どちらにも使える色でようやく黄色や白が出てくるけど、男の子がブルーが好きだなんて誰が決めたんだろう。違う子だっているだろうに……。

8月4日（金）

いろいろとしなければいけないことがあるのに、プリンスが寝てくれないとなにもできない。でもこういうときは、プリンスに合わせて動く、と決めたんだった。だいたい私は真面目すぎて、締切りのあるものはすごく早くからとりかかろうとするのだけど、締切りまでに出せばいいんだった……。

この数日、披露宴の招待客リストを作っている私たち。

面白いのは、あの人はどうしようかな……と考えていると、その人から久しぶりに連絡があること。まあ、その人にかなり意識を寄せて考えているからねえ。

8月5日（土）

プリンスが寝返りもどきのようなものを始めた。え？　もう寝返り？　そんなもの？

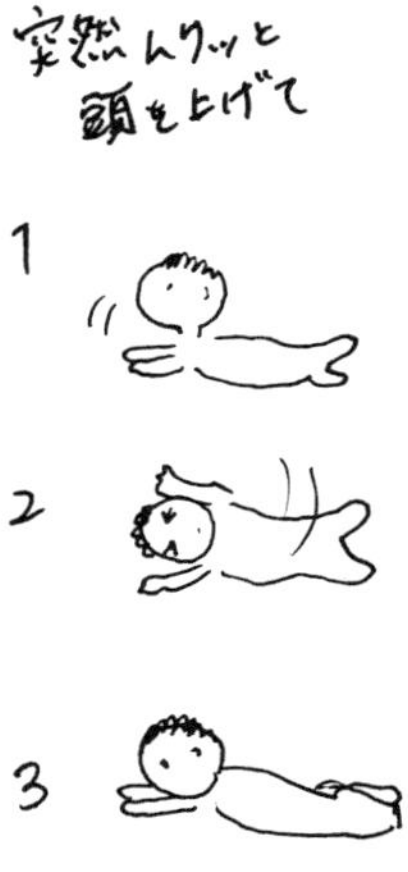

8月6日（日）

今日も外はすごい暑さらしい。

朝、家族3人で近くのあの気持ちのいいカフェへ。

たらこスパゲティとジャムサンドとシーザーサラダを食べる。シーザーサラダのチーズがこってりしすぎていなくて、とても美味しい。

それから夫は仕事。私たちはお昼寝。

外では蝉《せみ》が鳴いている。

なんだかなあ、なんだかモヤモヤしている。

8月7日（月）

今日という日は久しぶりに仕事モード全開の気持ちのよい一日だった。

午前中、このあいだの軽井沢で紹介されたボディメイキングのエクササイズへ。完全な個人レッスン。

気持ちのよい先生で、ここに通うことに決める。

家に車を置きに戻り、近くのホテルで秋の講演会の打ち合わせ。

また一度家に帰り、別のカフェでジュエリーの打ち合わせ。

プリンスを見てくれるママさんに心から感謝する。

披露宴の招待客だけど、もう本当に本音でいこう。まだまだ甘かった。

心から祝っていただきたい人、いらしていただきたい人だけに招待状を送ると決めたらこんなにスッキリ。

この感覚を忘れないでおきたい。

8月9日（水）

同級生がお嬢さんのNちゃん（1歳半くらい？）と一緒に遊びに来る。

「大きいねえ！！！」

と言われる。

そう、うちのプリンス、身長も体重も平均より大きい。

たしかに、まだ3ヶ月弱のプリンスのほうがNちゃんより重そう。ムッチリとしたプリンスと可憐なNちゃんの写真を撮る。

夜は、夫と夫の友人と噂のSUGALABOへ。ウーちゃんが大好きで、よく行っているSUGALABO。これまで何度か行く予定があったのに、そのたびに流れてご縁のなかったSUGALABO。

たしかに、創作料理なのに素材を感じる素晴らしい味。エンターテインメント性もあるし、次の一皿が楽しみになるメニュー展開。

8月10日（木）

午後、披露宴関係の打ち合わせを終えて、軽井沢へ行く準備。

ウェディングドレスは、前回行ったところで、一応この中で一番好きなもの（たまたま一番高いものだった……）を予約したけれど、まだ気持ちが１００％にならない。

彼の仕事の都合もあって、軽井沢に出発したのは夜の10時頃。プリンスはぐっすり寝ている。

そう言えば明日からお盆なので、こんな時間でも道は少し混んでいた。

彼も私も眠いので、少し休憩しながら夜中の1時半すぎに到着。

プリンスをベッドに寝かせて、私たちもすぐ休む。

8月11日（金）

また、雨。

去年も今年も、彼が来るときの軽井沢はいつも雨。

プリンスの粉ミルクが、軽井沢に買い置きがあると思っていたらなかったことがわかり！　開くのを待って大急ぎでツルヤに買いに行く。

まだ開店15分後なのに、すでに駐車場は満車近く、空きそうな車の前でジーッと待った。

ミルクだけ買って、大急ぎで戻る。

先週くらいから、母乳とミルクを半々にしたので、今プリンスはミルクがないと大騒ぎ。

彼はプリンスを飽きさせないために、ずーっと鏡の前であやしていたらしい。

あとは一日、家の中でまったりと。プリンスを大きなお風呂に入れる。

夜はハルニレテラスへ。雨だし、観光客もいなかったのでよかった。

家に戻って美味しいものをつまみながらしゃべったり、仕事したりしてとても楽しかったのに、夫がこぼしたワインが夫のパソコンにふりかかって動きがおかしくなったあたりから雲行きが……。

まあ、明日まで様子を見よう。

鏡
イエイ イエイ～♪
歌をやめると
泣きそうに…
また イエイ
イエイ～♪
イエイ イエイ～♪
これを 30分以上

8月12日（土）

披露宴まで2ヶ月。プログラムなど、ほとんどなにも決まっていないけれど、大丈夫だろうか。

今決まっているのは、「鏡割り」をしたいね、ということ。ケーキ入刀はなし、親への花束やお涙ちょうだいの手紙を読むのはもちろんなし、変なお付き合いものの余興もなし、とにかく大人っぽくいこう、というそれだけが決まっている……。

招待客は200名以内におさめたい、どこまで絞るか、ここは夫の頑張りどころ。

パソコンだけど……、一日経ったらますます動きが悪くなり、画面もつかなくなっているらしい。彼は早朝から憂鬱《ゆううつ》そうな顔で、サポートセンターなど、いろいろなところに電話している。

明日の午後にサポートセンターの予約がとれたそうなので、明日、ママさんと入れ替わりで彼だけ東京に帰ることになった。せっかくの夏休みなのに……そう思うとガックリするけど、もう明日までなにもできないんだから、「パソコンのことは忘れて今日一日遊ぼうよ」ということに……。

お昼前に、前回見つけたあの穴場カフェに行く。今日はオムライスとフレンチトースト。

私「東京でも、これくらい庭のあるところでやりたいな」

彼「でも、東京の真ん中でこの深い緑を出そうと思ったら、奥の奥まで緑じゃないと難しいよ!?」

そうだよね、庭の向こうに隣の家が見えていたりしたら、つや消しだよね……。う〜ん、そうか、でも待てよ……と、私はまた「秘密の宝箱計画」と未来の展望に夢中。

庭に降りて、プリンスと一緒に写真を撮ってもらった。

このアイフォン7プラスのポートレート機能は本当に素晴らしい。

「それに、なんか優しそうに写るね、優しいの！」

私「優しそうなんじゃなくて、優しいもん」

彼「あ、ほらもうその言い方が恐い帆帆ちゃんが」だって。

帰って、家の近くを散歩。

8月13日（日）

パソコンと彼は東京へ……。

まったくもう、ワインをこぼしてパソコンが壊れるなんて、アホすぎる。せっかくの夏休みが減っちゃうじゃないか、と思ったけど、考えてもしょうがないのでほうっておこう。意外と、東京に戻ったほうがいいということになっているかもしれないし。

私たちは、茶道の先生の別荘へ遊びに行く。

プリンスは、先生のご家族に愛敬をふりまいている。プリンスと先生の年齢差、１００歳！

先生のひ孫さんたち（小学校1年生と3年生の男の子）は、赤ちゃんがさわるといけないから、レゴのおもちゃをしまっておくように言われていたらしく、プリンスがまだハイハイもできないほど小さいのを見て、「ねえ、思ってたよりおとなしそうだから、出してきてもいい？」とささやいているのが、かわいかった。

「そうよ、小さな子が来るときに家の中でやるべき一番大事なことは、さわられたくないものをしまっておくことよ」

と、あとでママさんが言っていた。


プリンス、もうすぐ3ヶ月、うつ伏せに寝かせると首を反らせるようになった。足もあげて、もう少しでコロンと転がりそう。

8月18日（金）

数日間、軽井沢で集中し、日記の本は終わった。手帳もだいたいゴールが見えてきた。これで、10月の披露宴のことを考えられる。あ、その前に講演会とホホトモサロンもあるか。なんだかんだ、出産後に本当にお休みしたのは2ヶ月だったな。そのあいだもまぐまぐや共同通信は書いていたし……。

あと、本当は気になっているのが、出産前から書いていた新刊『あなたは絶対！運がいい3』。年内に書き上げたい気持ちだけど、どうなるか……。

今のところ、メール返信や連載のような単発の原稿は書けるけれど、全体を見通す単行本の執筆は難しい。でも担当編集の廣済堂出版のIさんは、編集者さんにしては珍しく男性で育児休暇を取った人なので、今がいかに大変かをよくわかってくれている。

「いやあ、もうどれだけ大変かよ～くわかるので、大丈夫です、いつまでも待ちますから。ゆっくり書いてください」と言ってくださるのでうれしい。このIさんが、新生児育児を終えて仕事に復帰したときに言っていた言葉が忘れられない。

「あんなに大変だと思いませんでした。出社しているほうが何倍も楽です。……二度とやりたくありません」

普段、愚痴や弱音をいっさい言わない（聞いたことがない）Iさんからはじめて出た「大変です！」がこれだった。

8月19日（土）

どうもモヤモヤしているこの感覚の原因はなんだ？　と考えると、披露宴のことだとわかった。一番のモヤモヤはウェディングドレス……だって、ちっともワクワクしない。

そこで思い切って別のサロンに電話したら、たまたま明後日にキャンセルが出たらしく、そこを予約する。ひとり2時間近くで、一日数名しか入れないのでよかった。

ホホトモサロンの申し込みが、開始早々に定員100名がキャンセル待ちになったという。

楽しみ！

8月20日（日）

中学のときの同級生、マルが、プリンスのお祝いに来てくれた。男の子ふたりと1歳の女の子のママ。私のまわりで、一番「ママ業」に向いている子。まあ、本当に楽しそうにいそいそとママ業をしている。

ラルフローレンの紺のポロシャツをもらった。細い筆で書いたような白いヨットがたくさん描いてある……あ、またヨット。

そう言えば、去年のセドナで、今年1年間は「昔の縁、昔からの知り合いとの縁が戻る」と言われたけど、本当にそうだな。同級生と久しぶりに会うことが続いているし、もうすぐ同窓会もあるし……。

8月21日（月）

新しいウエディングサロンに行って、希望のドレスを着てみたら、ぴったり！

そして……似合う！

気持ち、上がる。

ここに決めた。

これだよね、この感覚。着た途端に、「あ、これにしますっ！」というはっきりした感覚。

普段の洋服の買い物だってそうなんだから、ウェディングドレスがこの気持ちにならなきゃウソだよね。

高層ビルの一室で素晴らしい展望を眺めながら、必要事項を書き込む。1着を4名にしかレンタルに出さないそうで、たまたま新しく作るそのドレスのひとり目になることができた。式まで2ヶ月を切っているので厳しいかと思ったけど、担当の方とも、

「たまたまということが重なる……ご縁ってそういうものですよね」

と盛り上がる。

ああ、よかった。着物も、前のサロンでいろいろ試着したけど、これも成人式に仕立てた赤い総絞りの自分の着物にしたら一番しっくりきた。よかった。

気になるのは、前のサロンの担当の人がとてもいい人だったので、キャンセルするのに気が引ける、ということ。

8月24日（木）

未来に対して「こうなってしまったらどうしよう」と考えてしまうときって、誰にでも多かれ少なかれあると思う。そうなり得る現実的な理由が今少しでも見えていると、そこをどんどん突き詰めて、考えてはいけないと思っても考え続けて心がザワザワしていくこと。私にも、久しぶりにあった。

でも、そこでふと思う。それは100%、私の想像にすぎないということ。そしてこのザ

ワザワとした感覚こそ、そっちに考えてはいけない（考える必要はない）ということを宇宙が教えてくれているのだと思う。だから、その出来事について、もっと私が居心地よく感じる考え方を探そうと思う。居心地よく感じる考え方というのは、たとえば、その出来事について「こうだったらうれしいなあ」という展開のほうを考えるとか、今は考えないほうが楽だったらそれでもいい。

今どんなふうに捉えると気持ちが楽になるかを探ってみて、そっちに考えればいい。

8月27日（日）

今日は、青学初等部の同窓会。はじめは6年生のときの私の担任の先生が古稀《こき》を迎えられたお祝いで、私たちのクラスだけが対象だったそうだけど、いつの間にか学年全体に広がる会になった。

初等部はなにかをするときにいつも「お祈り」から始まるので、今回も、久しぶりに手を組んでお祈りから始める。もう40歳のおじさんになっている同級生の元男子たちが、「お祈りします」の声にサッと自然に手を組んでいたのが微笑ましい。

途中でみんなで讃美歌を歌ったときも、当然のように歌詞を覚えているのも、なんだか感動……。歌えば歌うほど気持ちよくなる讃美歌。改めて、讃美歌って本当にいい。

私の好きなものの中には、必ずこのキリスト教的な要素もある。パイプオルガンの音色、讃美歌、それにともなうあれこれ。

学生のときとガラッと変わっていて、また会いたいな、と思える人もいた。

でも、あれだけの時間しかないと、わからないよね。みんなあまり自分のことを話さないし、本当に表面的な話だけで終わるから。会っていないあいだにあった、目に見える出来事なんて本当はどうでもいい。たとえば結婚したとか、子供を産んだとか……。そんなことより、精神的にどんな変化があったか、それこそ感じ取りたいけれど、あれだけの時間では無理。

どうせ会うなら、もっとグッと深く打ち解けたかったな。

そして正直に言うと、「なんでそんなに小さなつまらないことを言ってるの？」という人も多かった。小さな、というのは事柄の大小ではない。すごく自分を卑下《ひげ》していて、過小評価しすぎ。「もうこの年齢だから」とか言ってあきらめている感覚。別に、いつもなにかを目指す必要なんてまったくないけれど、世界はもっと広くて楽しいのに、どうしてそんなところを見ているの？　という……。

でもまあ総括すると、幸せな小学生時代だったと思う。当時は当時でいろいろなことがあったと思うけれど、今振り返ると楽しい時間だった。同じように、今もあとから振り返ると「いろいろあったけど、楽しかった時期」ということになるだろう。

今回は、保護者も参加ＯＫだったのでママさんも行ったけど、終わってから、

「なんか……このまま帰る気にはならないね」

「うん、お茶しよ」

とふたりでお茶。

また明日からマイペースに進もうっと。

8月28日（月）

午前中、挙式をする予定の神社を見に行く。

電話したときも感じた通り、すべてがとてもよかった。

社殿のたたずまいも、禰宜《ねぎ》さんの説明も、挙式の概要も、それを取り巻くいろいろなルールも、すべてが気持ちよかった。充分に思いやりがあって融通がきくし、かと言って、なんでもありの「ルールなし」ではないし。なにより全体の雰囲気がとてもよかったので、ここに決めた。

明日見に行く予定だった、もっと派手で有名な神社はキャンセルした。


夜、日焼けのTさんと優しいC姉さんとスタイリッシュなYちゃんとで食事。広尾の和食。久しぶりの友人たちとの外食だったので、すごく元気でテンションあげあげ。このメンバーでしか発揮されない私がムクムクと出てくる。

スタイリッシュなYちゃんの誕生日のお祝いだったので、日焼けのTさんがお店にケーキを頼んでくれたそうだけど……出てきたものは……ウネウネと不思議な形をしたケーキらしき、……これはなに？　というものだった。

みんなチラッとお皿を見て、誰もそれには触れず、キャンドルに火をつけて写真を撮る態勢へ。キャンドルというか、花火のようにすごい勢いで火を吹いてる……。赤いお皿にウネウネとした蛇のような茶色いもの、その上に花火のように火を吹くキャンドル……これは一体……とみんなが思っているはず。

写真を撮り終わってからお店の人が来て、その形がシュークリームで作った「祝」という漢字だと知る。

「シュクの字と、シュークリームとかけているんです」

ほ〜……。

お店の人が去ってから、笑い爆発。

「ちょっとぉ、これさあ（笑）」

「誕生日にこれはねえ……（笑）」

「全部茶色だし（笑）」

「祝の字にトライするって、すごいよね」

「それにこのキャンドルはどうよ！」

「花火じゃん」

「燃えてるし……」

忘れられない誕生日。

8月29日（火）

今日はプリンスのお食い初めでウェスティンホテルに集合。

お食い初めの御膳が運ばれ、私のパパさん、義母、ママさんの順にプリンスに一口ずつ食べさせる真似をする。

これだけに大騒ぎ。写真もビデオもたっぷり撮る。

そのあいだ、プリンスは自分に近づけられてくる食べ物をおとなしく見つめたり、大騒ぎをしているジージやバーバたちをジーッと眺めていた。儀式が終わって、そばに敷いていた

自分の布団に戻ったら、フーッとため息などついている。
家に帰る頃にぐずり出した。プリンス、今日も本当におりこう。

8月30日（水）

6時に起きて、『セドナで見つけたすべての答え　運命の正体』110冊分にサインをする。

お昼から打ち合わせ。終わって、また妙にやる気を感じる。

8月31日（木）

プリンスの予防接種。今回も、いつものクリニックに過保護な態勢で行ってしまった。夫と私と私の母という、大人3人態勢。

今日は、ママさんが午前中からうちに来ていて、本当は午後には帰るはずだったのだけど、この暑さの中をバギーを押して歩くなんてとてもとても……、車の後部座席のチャイルドシートにひとりで乗せて私が運転するなんてとてもとても……ということで、一緒に来てくれた。で、それを夫に言っていなかったら、夫もひとりで行かせるのが気がかりだったらしく、仕事の途中にひょっとクリニックに寄ってくれたのだ。たかが予防注射に、大人3人、ぞろぞろと診察室に入る。

今日の女医さんは、またはきはきとした明朗で快活な人だった。プリンスをうつ伏せにしたときの首の反り返りっぷりを見て、「なかなかここまでは……すごい運動神経ですね」なんて言われ、それだけで大喜びの私たち。

飲むタイプのワクチンを、またゴクゴクと飲み干したプリンス。

9月1日（金）

ある健康雑誌の取材で、安藤美冬ちゃんと対談する。そこで出た掃除の話から（というか、テーマが掃除だったんだけど）、2014年に私がはまった掃除のことを思い出した。あの年は本当によく床の水拭きをしたものだ。そして、いろいろとビッグなうれしいことが起こった。

あのときの気持ちを思い出し、また掃除を再開しようと思った。

今日はこの気持ちを思い出すために来たな。

打ち合わせ以外の仕事で外に出ると、活性化する。

9月2日（土）

床の水拭きを始めた。久しぶりだったので、結構汚れている。どんな変化が起こるか、これからが楽しみ。

きのう取材を受けたカフェのオーナー（ある俳優の奥さん）は、見るからに健康と美容を探求してそうな人だった。その人から「粉ミルクの代わりにライスミルクを」ということを聞いたので、さっそく作ってみる。玄米と水をバイタミックスに入れて。

はじめは玄米の量が多すぎて、大人が飲むような濃さになった。私は美味しいと思うけれど、子供にはどうかな……。そこからさらに玄米の量を少なく、湯冷ましを足して、充分にかき混ぜてから飲ませたら、プリンス、飲んだ。ゴクッゴクッとのどを鳴らして飲んでいる。あまり美味しいものではないはずなのに……プリンス、味音痴かな……。このあいだの飲むワクチンといい、飲めればなんでもいいというタイプか……。

夕方からアメリカンクラブとの打ち合わせ。ようやく、だんだんと見えてきた。打ち合わせをするたびに、ちょっとずつ気持ちが上がってくる。

ファンクラブのイベントで考えると、だいたい2ヶ月前にはすべての流れができていて、あとは細かいところをつめるだけという状態になっているから、2ヶ月前なのにあまり決まっていないというこの状況自体に焦るけれど、クラブ側は予定通りに進んでいる様子なので、進行はまかせよう。

9月3日（日）

おととい取材を受けてからなんとなく流れがよくなった。もしや、もう水拭きの効果か!?

久しぶりに酵素玄米を炊いていたところにライスミルクの話も聞いたし。

なにより、3年ぶりにやってきたこの気持ち、「流れを変えよう、ここで一段ステージアップ」という気持ちがやってきたこと自体が意味あることに思える。

扶桑社から出る手帳のデザインや絵カットを、大きく変更した。かなり最終のほうまできていたけど、やっぱり気に入ったものを出さなくては！　と思うので理解していただこう。そのために、この数日とても忙しかったけれど、ようやく目処がついてうれしい。

親が子供の幸せを決めるというのは本当だと思う。

これは、子供の幸せのために親がレールを敷いてあげるとか、親の経済的生活環境が子供の将来を決めるとか、そういう種類のことを言っているのではない。物事の考え方、捉え方のことだ。

もし、親が、起こった物事の原因をなんでもまわりや他人のせいにする人であれば、子供もそういう人になる。なんでも邪推する人であれば、子供もそういう人になるだろう。物事の状況説明だけではなく、自分の感想まで無意識に子供に押しつけている人っているよね。

たとえば、あの家庭は父親（または母親）がいないからいろいろと大変なこともあるだろう……というここまでは事実。だけど、「だからかわいそう」「きっと不幸なんだろう」ということまではわからない。わからないから言えない。それは事実ではなく「あなたはそう思っている」というだけだ。

大人が想像しているほど、子供はそれを苦しく思っていない、ということもあるし、逆もある。

いつも、その人のそれへの感想は、その人の物事への捉え方、好みを表している。

9月4日（月）

「毎日、ふと思う⑯」が出版されたので、それを持って写真を撮る。

少しずつ、本当に少しずつ、体の調子が産前に戻ってきた実感がある。でも、焦りは禁物。こんな状態で披露宴だなんて、誰が想像したろうか……。


今日はなにもやる気がしなかった。彼が出かけてから仕事部屋にも行かず、プリンスと一緒に転げまわってみたり、遊んでみたり、疲れ果てて寝てみたり、一日プリンスと過ごす。

……あ、いいんだった、それで。

9月5日（火）

今日も、きのうと変わらないような一日。

プリンスはだいぶペースがつかめて扱いやすくなった。こっちが笑うとニコニコするところなど、信じられないほど愛くるしい。

今日は、ドレス姿につける小物類を決めてきた。ティアラは、ロンドンのデザイナーのものを夫が気に入って購入。ネックレスとピアスについては検討中。私はダイヤよりもパールが好きなので（ティアラもパールだし）、つけるとしたら自分の大ぶりのパールのネックレスとピアスだけど、首元はなにもつけないほうがいいんじゃないかな……。

つけないほうがいい、ということになった

9月7日（木）

今日、とってもいい出会いがあった。

私のことを昔から応援してくれている経営者から突然電話があり、「私の本をずーっと読んでいる人で、ぜひとも紹介したい人が……」ということで会った女性。ある女優のお姉さん。

彼女の今の生活スタイルを聞いていたら、私の将来のライフスタイルがスッと見えたのだった。彼女のすべてがよいわけではもちろんない。育ってきた環境も違うし、よしとしていることも価値観も違うところはたくさんある。でもそこには、この数ヶ月、私が考えていたことの答えがたしかにあった。息子が生まれてから考えていた、今後のライフスタイル。「秘密の宝箱計画」を含んだライフスタイル。それについて漠然としたイメージはあったけど、彼女と話しているうちに私の好みや望みがはっきり見えてきたのだ。

今私は、人の生き方や暮らしのスタイルを通して、自分の望んでいるものをはっきりさせる時期。世の中にあるたくさんの素敵なもののスタイルから、自分の好みのところだけを取捨選択。

これも水拭きのおかげなんじゃないかな。水拭きは、つまっているところを流してくれるような効果があるから、背中を押してくれるきっかけがやってきた感じ。

でも、水拭きが効果的に作用するのも、スタートはやはり自分だと思う。だって、私自身が「これの答えが欲しい、これをするにはどうすれば？」という問いを持っていなかったら答えもこないから。

まず、自分が思わなければ、答えはこない。

それが、掃除によって加速しただけ。


夜は彼と私の父と、元横綱の北の富士さんと食事。

神楽坂の料亭。北の富士さんは相変わらずダンディーでカッコよかった。

帰りの車で、今後のライフスタイルについて夫にアツく語る。

9月8日（金）
アメブロを始めることになったので、アメブロの担当者さんと打ち合わせ。
すっごく楽しみ。
この数年、発信する媒体が増えた。もともと配信していた一般対象のメルマガに、ファンクラブのメルマガ、共同通信のコラムに、フェイスブック、インスタ、ツイッター、そこに有料メルマガの「まぐまぐ」が加わり、さらにアメブロまでだなんて……。

それに、もともとはこの日記もある。こんなにたくさん配信媒体があると書くことが重なってしまわないかと思うけれど、不思議なことに、それぞれの媒体に向かうと、書きたいと思うことは違ってくる。内容は同じでも表現の仕方が変わったり。そして表現の仕方が変われば、それはもう別物だ。

その媒体の持っているエネルギーに合ったものが出てくるんだろうな。

アメブロはどんなことになるのか、とても楽しみ。

9月13日（水）

やらなくてはいけないことが多すぎて焦る。目が覚めたベッドの中で、今日やるべきことをジーッと整理。武者震い。一番気が向くことからやろう。

お昼は、日米協会主催のハガティ駐日米国大使の迎昼食会に夫と出席。この協会のトレードマークって好き。ヨットみたい。

個人的には藤崎元駐米大使のスピーチが素晴らしかった。大使というのはたいていユーモアにあふれたスピーチをなさるものだけど、今回は特にそう感じた。英語のよさが出ているというか、さすが元駐米大使。

名刺交換をしまくっているおじさんたちを見つめてボーッとしてしまう。

ランチをいただき、大使のお話が終わったところで私と夫は次の打ち合わせへ。

披露宴の映像を作ってくれる会社。今をときめく「G社」。

この会社は、リオオリンピックの閉会式で総理とスーパーマリオのアレンジ映像を制作したところ。あのマリオの土管から、ビュンビュンビュンって出てくる映像、すっごく面白かったし、日本を誇らしく感じるくらいよかった。

社長とチーフプロデューサーと会う。あの映像からアイデアをいただいた、夫バージョンの映像を作ってくれることになった。その姿で披露宴会場に登場するマリオの夫……、逆か、夫のマリオ……。

さらに、去年流行った「逃げ恥」の恋ダンスを、たくさんの友人たちが踊るお祝いビデオを作ることになった。

なんか……急に具体的になってきた。たかが私たちの披露宴にこんなにすごいチームを組んでくれるなんて、ありがたすぎる。

9月14日（木）

たまに、朝からものすごく活動的でいろいろとはかどり、夕方になっても体力が落ちず、一日が長く感じられる日、というのがある。今日がまさにそれ。

起きてすぐに床の水拭きをして、家中に掃除機をかけ、洗濯機を2回まわし、酵素玄米を炊き、この数日にたまっていた仕事を全部片付けて、夕方から仕事の取材でお店を何軒かまわり、帰りにスーパーに寄って夕食を作る。そして夜になっても元気で、まだ時間もある、という具合。

一体どうしちゃったんだろう。

なにがよかったのかな、と振り返ってみると、朝、夫ととてもいいプラスの話をたくさんしたからかもしれない……。朝食の前に「言霊」の話になって、

「いまさらだけど、使っている言葉に気をつけるべきだよね」

「最近、なんだか朝起きてすぐから、忙しいとか、疲れるとか、そんなことばっかり言っている気がする」

という話をしたのだ。年内に忙しいことがつまっているから、ついね。

そして、今の状況に感謝が足りないね、という話も……。そんな感じで、ちょっとお互いにリセットして大事なことを確認し合って一日がスタートしたからだと思う。

ところで、今日取材でお邪魔した表参道の万年筆専門店「書斎館」、すごくよかった。

9月15日（金）

うん、なんだか確実に流れがよくなった。

ネイルサロンの時間を30分早く勘違いしていたので、近くをウロウロしていたら、買わなくちゃいけないものを思い出して用事が済んだ。さらに、たしかこのあたりにあるはず……と思っていたおしゃれな文房具店も発見。

旅行にまつわるいろんな文房具が売られているお店。自分で作り込むオリジナルの旅手帳がここの一押し商品らしい。革製のファイルを買った。店内の写真も撮らせてもらった。

夕方から打ち合わせ、夜はＮＹＵが主催する講演を拝聴しに行く。

実は今、夫がＮＹＵの日本の同窓会会長をしているので、その関係で、最近ここのイベントをのぞかせていただくことが多い。

今回は、JAXAの黒川怜樹氏と理学博士の山本大地氏。宇宙と医学が融合した最先端科学の話だった。

どちらも、ものすごく生き生きと話されていた。黒川氏が宇宙のことを話しているときの様子と、山本氏が実験に使うマウスの話をしているときの顔の輝きといったらもう……（笑）。

最後の山本氏の言葉、「とにかく好奇心のあることをやる」というのがよかったな。山本氏は、某大企業を30代後半でやめてアメリカへ渡ったとき、完全に無職だったらしい。転職したいならまず会社を辞める、じゃないといつまで経っても転職できない、という言葉はよく聞くけれど、自分の実体験を通した真に迫る言葉だった。そういう話、大好き。

今日は昼間から外に出ていたので、急いで帰る。

プリンスはようやく寝たところらしい。

「眠いのに寝られないし、ママもいないし、こりゃあ泣くしかない……という感じだったわよ」

とママさんが言っていた。

9月16日（土）

生後4ヶ月を経て、プリンスの成長日記をつけることにした。

思っている以上に日々すごい変化があるので……。

9月17日（日）

きのうも今日もしっとりと雨が降る穏やかな日。一日家にいて、たまっていたことをゆっくり片付けていくのはとても楽しい。

午後、友人からたっぷりのブドウが届く。

9月18日（月）

台風一過の夏のような日。すごい日差し。空気がカラッとしていてハワイみたい。

久しぶりにパーソナルトレーニングへ。

今日から背中を鍛える予定。二の腕のお肉は、背中の筋肉を使っていないことからくる現象だということが、よくわかった。
そして背中を鍛えるには、まず胸の筋肉をほぐしてしっかりストレッチをすることが大切なことも。

体を動かしていい気分だし、外はリゾートの夏のような雰囲気なので、事務所にいる夫に電話してランチに誘う。はじめに思いついたお店はパーティーで貸切りだったので、車道のこちら側から見るとまったく人の入っていなそうなメキシカンに入る。
すると、奥がものすごく広く、人もたくさん入っていた。パエリヤとパスタを食べる。

9月19日（火）

今日も素晴らしくいいお天気なので、夫が出かけてからちょっと仕事をしてママさんに電話。きのう歩いているときに見つけた壁紙のお店へ。ここはママさんが前から話していたお店で、すでに何回も来て下調べしているらしい。

ついに、ようやく、日本にも輸入の壁紙を一般の人がメートル単位で買えるお店ができたんだね。イギリス留学から戻ってきた頃……だから20年近く前は、こういうお店は日本にはなかった。あっても、業者しか買うことができなかった。

それにしても、あまりにたくさんあるので迷う。全部見ることはできなさそう。

さてどこから……と思ったとき、近くの屏風に貼ってあった壁紙に目がいった。グレーベージュの地に動物のサイのような頭がついているもの。これがいいなあ、と思ったら、それがまさに、ママさんが下見に来たときに一番いいと思ったものだった。

「あらー、気が合うわねえ」

ということで、これを買うことにした。仕事部屋の奥で使っている紙の箱に貼りたい。箱の大きさは1メートル×50センチ×50センチ、それが6箱くらい。お店の人が、丁寧に必要な量を計算してくれた。その他両面テープなども。全部で5万円くらい。

プリンスの子供部屋にいいな、と思う世界地図の壁紙を写真に撮った。壁一面に大きな世界地図……いいね。

ワッフルとサラダを食べて帰る。

夕方から、ウェディングのメイクのリハーサル。

以前、「JJ」の取材でお世話になったメイクのNちゃん。今では雑誌にひっぱりだこ。

前回お世話になったときより一段大人になっていた。ママさんも「あら～、大人の女性になったという感じよ～」と言っている。相変わらずサクサクとした軽快なトークがいい。よい意味でのこの軽さが、みんなに好かれると思うのだ。

和装は、希望の髪型を写真で見て決めておいた。こんな派手でおかしな髪型……と思うけれど、やってみると結構地味。なので、見本の写真より盛り上げ方を倍の高さにしてもらうことにした。

ドレスのほうは、ティアラに合わせていろいろと考える。私は普段いつもポニーテールなので、オールバックのアップにすると前からの印象が変わらない……ので、横分けと中央分けをためしてみたら、中央分けが意外とよかった。

横分け
中央分け
でも結局
いつものオールバックに
落ち着く

9月20日（水）
私は、最近ますます、自分の自由なスタイルで生きよう、と思うようになった。そして、

上っ面の肩書を大事にして、中身のないまま表面的な付き合いを広げていく人たちは、本当に本当にもういっさいどうでもいい……これをもっと徹底して生きていきたいと強く思う。

披露宴、だいたいの進行は決まった。

席次も（私のほうは）決まったし、細かい時間調整はこれから進める。

そう、席次表に肩書を載せないことにした。載せなくても「どこぞの誰々さん」って名前を見ればわかる人にはわかるし、お偉い肩書が何個もつく人もいるし、なにより、肩書ではなく本当に好きな人たちを呼びたい、というのが彼のはじめからの希望だったので。いいと思う！

それから、入場して、高砂《たかさご》に上がったあと、すぐに夫が皆さまに挨拶をすることにした。今回はイレギュラーなことをたくさん盛り込んでいるので、会の意図を説明する予定。

いいと思う！

9月25日（月）

さて、パーソナルトレーニングの3回目。前回は、背中の隅々まで伸びた感じを実感できてとてもよく、今回も背中を重点的にやってもらったので気持ちがいい。

このほぐれた感じをいつも維持したい。

プリンスは、今、右向きの寝返りしかできない。

床に敷いた大きなマットレスの上を、同じ方向へゴロゴロ転がるので目が離せず。オフィスの床は大理石で、その上に簡易的な絨毯を敷いているだけなので、マットレスから落ちると頭が心配。さっきも、はじっこに寝かせて数秒後に振り返ったときには、もう反対側の絨毯の上にうつぶせになっていた。

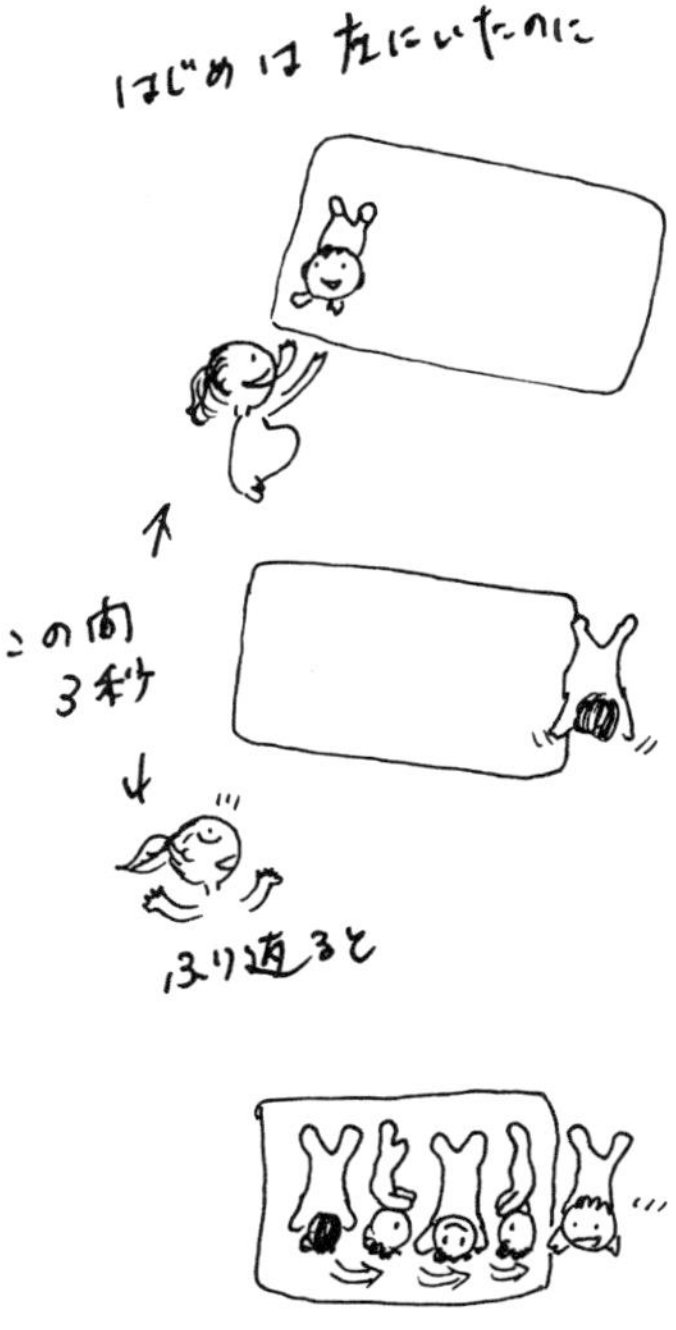
はじめは 左にいたのに
この間
3秒
ふり返ると
かなり高速

9月28日（木）

不可抗力で、そうせざるを得ない方向へ進んでしまった気が滅入ることがひとつある。どうしてそんなことに……？　とちょっと腹立たしく思うけれど、起こることがベストだとしたら、これがどんな展開をしてどんな結果になるか、楽しみに待つことにしよう。

9月29日（金）

私の大事な友達、ウーちゃんと、Fちゃんとキュンちゃんでランチ。その名も霊能者会議。霊能者ではない私はおとなしくみんなの話を聞いていようと思ったけれど、まったく普通の話題だったのでよかった。

いや、普通だけど、実は普通じゃないんだろうな、この会話。お互いの見えていることや感じていることをシェアし合っているだけなんだけど、この感覚のわからない人にはまったくわからないだろうと思うから。

キュンちゃんが、

「このあいだ神社に行ったときに～～というイメージが急に浮かんだんだけど、本当にそうなる可能性ある？」

とFちゃんに聞いた。サイキックのFちゃんは、

「半分は本当だけど、半分はキュンちゃんの妄想」

と答えた。

「ということは、キュンちゃんがそう思っているならそうなるってことだよね？　だって残りの半分は本当なんだもん」

と私は言った。

ウ「そうだよね、残りの半分が違うならともかく、半分は本当なんだから、あとはキュンちゃんが信じている通りになるよね」

とか話す。

今、私が仕事関係で探している書類があって、「それが部屋のどこにあるかわかる〜?」と聞いてみた。サイキックのFちゃんとウーちゃんは、簡単な見取り図を描いて、「ここ」と言った。だいたい同じようなところ。

一方、サイキックではないキュンちゃんは、自信を持って「ここ!」とまったく違うところを指している。

「そこには……ないと思うな。だってそこは、家具とかなにもないところだから。あるとしたら空中に浮いていることになる……(笑)」

と言ったけど、自信がありそうだった。

9月30日(土)

今日は、夫がメンバーのゴルフ倶楽部の家族会。

産後5ヶ月のゴルフは……きつかった。

体調もきついし、最後のほうは歩くだけで精いっぱい。

なんて言うか……腰が開いていきそう……。

ファミリーコンペなので、結構な人数が来ていた。

小学生のときに弟の同級生で、弟と一緒に毎朝渋谷駅まで一緒に登校していた男の子と再会した。その名も「たろうちゃん」。今や大企業の跡取りで、もちろん立派に大きくなっていたけれど、私の中では相変わらずの「たろうちゃん」なので、微笑ましかった。それが今日一番うれしかったこと。

さて、表彰式や懇親会の終わったあと、披露宴のマリオ映像に使う撮影をしなければならないので、夫とふたり、メンバーの皆さまが帰るのを駐車場でジーッと待つ。

1時間くらい待って、「ゴルフ場の駐車場を慌てて走る」というシーンの撮影をした。私がハンディカムで伴走しながら、駐車場とクラブハウスを何度も行ったり来たり。

「これでよし、なんとかミッション終了」というときに、それまでクラブハウスの前に停ま

っていたバスが動き出した。なんと、その中に……駅に向かうメンバーの皆さまたちが乗っていたことが判明……ウソでしょ？

さっきからの撮影を全部見られていたなんて、信じられない。

人は乗っていないように見えたんだけど、窓にスモークがかかっていて見えなかっただけだった。皆さまに迷惑がかからないように、そして映像的に披露宴までは知られたくなかったので、わざわざ駐車場の車の中で1時間以上も待っていたのに……わざわざみんなの前で撮影シーンを披露していたなんて……ツメが甘すぎる。

ああ、恥ずかしい。そして、この厳しいクラブに対して大丈夫だろうか……という点も気になる。

「どうしようか……」

「どうしようもないよね……」

10月2日（月）

朝起きたら体調が悪い。おとといのゴルフかも。やっぱりまだ早かった。

午後になったらますます体調が悪く、熱が出てきたので夜の友人たちとの食事をキャンセルさせてもらう。ダウンするわけにはいかないので、ここで安静に……。

プリンスは今日も、英語版の「モアナと伝説の海」を見ている。

この映像を見るだけで、勇ましくて開放的ないい気持ちになる。楽しい未来に向かって突き進んでいくような自由な気持ち。「なにかを深く味わう」というのは、その波動になる、そのエネルギーに同調する、ということだよね。また、「好きの力はすごいな」とも思う。何度見ても色褪《あ》せることなく同じ気持ちになれる。


ゴルフ場での撮影の件は大丈夫だった。でも、バスの中で、ご年配で重鎮の皆さま、カメラと一緒に駐車場を行ったり来たりしている私たちを見て「一体、アイツはなにをしているんだ……」と話していたそう……トホホ（笑）。

10月4日（水）

午前中、プリンスの3回目の予防接種。今日も、針をさされた一瞬だけ泣き、あとはケロっとしていた。頼もしいぞ！

まだまだ暑い。

夜は夫とマリーナベイ・サンズグループのパーティーへ。

いろんな人がいたけど、渡辺直美のレディガガを生で見られたことが一番うれしかった。

渡辺直美！　大好き！

「イーグルス」のギタリストが「ホテル・カリフォルニア」を演奏して、「こっちのほうが全然すごいよ」と夫は言っていたけど、私にとっては断然、渡辺直美のレディガガ！

他にも、マリーナベイ・サンズのブランド大使をしている関係で、サッカー選手のデビッド・ベッカム氏と、ひとりずつ写真を撮ったけど、それよりも断然、渡辺直美のレディガガ！

同じテーブルで私たちの隣の席だった人が、私が最近検討していることの答えを持ってきてくれた。その話題は、そのパーティーになにも関係ないのに、そして話の前後もあまりつながっていなかったのに、突然向こうからその話が出てきたときには驚いて、耳がダンボになる。

同じテーブルに、他にも顔見知りのカップルが2組もいたから、その人たちと隣になる可能性だってあったはず。そして知っている人がいると、ついその人たちとばかり話し込んでしまうのもパーティーにありがち……なので、わざわざその初対面の人と隣にならないと、その話を聞くことにはならなかったと思う。

帰りの車の中で、夫に話す。

帆「ねえ、今日隣の人が話してたこと、気づいてた？　あれは私（たち）が、最近それについてずーっと考えていて、でもきっと答えが出るだろうって思っていたからだよ!?　その答えを持っている人を、隣の席に引き寄せたんだよ？」
夫「ああ……、そうか、ふんふん、なるほどね」
とか言って……わかってるのかな……。
全員にお土産としていただいたマリーナベイ・サンズのオルゴールがものすごくかわいかった。

10月5日（木）

朝からプリンスとふたり、部屋に閉じこもって仕事。プリンスが規則正しく眠ってくれたので、はかどった。ますます愛くるしくむっちりと太り、世の中にこんなにかわいいものはないというかわいさ。ほとんどの親が思う「自分の子供は世界一」という勘違いの境地。

10月6日（金）

はあ、いろいろなことに追われている。

午後、披露宴の映像の打ち合わせに行く。

なんだか思っていた以上にすごいことになりそう。映像だけで4つも作る予定。

オープニングのマリオ映像、プロフィール紹介、恋ダンスリレー、プリンス登場の「まんが日本昔話」。それ以外に会場の皆さまとの写真の映像と、もしかしたら出席できない人からのビデオメッセージもつなげてもらうかもしれない。

やはり気になるのは、こんなにたくさん作るのにこんなにのんびりしていていいのだろうか、ということ。もう1ヶ月前を切っているのに……。恋ダンスにしても、私たちが練習するパートはずいぶん大変そうだし、量も多そう。

それでも「来週は練習にあてていただいて、撮影は再来週以降でいきましょう」とか言ってる……、間に合うんだろうか。遠方のため、アイフォンで自分のパートを撮影して送ってくれる人たちの、パートの振り分けもまだできていないし……。

しかしありがたいのは、大人の披露宴は出席者もみんな大人なので、若いときより「できること」が増えているということ。そしてお祝いごとなので、各業界の協賛やスポンサーに近いことを名乗り出てくれる人がたくさんいる。

「ありがたいことだよねえ」

「ほんとにね」

と、毎日噛みしめて、疲れを吹き飛ばしている。

終わって私は仕事の打ち合わせへ。あぁいつものあそこへお参りにも行きたいのに……。

10月7日（土）

今日は、朝起き上がれないほど疲れていた。夫が8時半頃に出かけたあと、プリンスを寝かせてからもう一度寝る。

このだるさ。きのうは朝の5時に起きて、午後も打ち合わせが2件あったし、夜も寝たのが2時だったから仕方ないか……。ママさんに電話して来てもらうことにする。

最近は、ママさんを拝んでる。二拝二拍手一礼の気分だ。

お昼前にママさんが来て、まずはランチ。そのあいだも、ものすごく眠く気だるいので、ちょっと昼寝させてもらう。

寝たら、だいぶ復活した。ママさんが帰り、共同通信の原稿を書く。

10月8日（日）

披露宴で司会をお願いしている某民放アナウンサーXさんとご主人のRさんと、披露宴の打ち合わせをする。週末は海のほうの別荘にいるということで、そちらへ。

東京から車ですぐ。海に向かった気持ちのいいところだった。軽井沢の森と木と……という眺めとはまた違う。

「こういうのもいいねえ～」と夫と言い合う。

彼女とは、私は初対面なのだけど、ものすごくサバサバした気持ちのいい人だった。

さらっと全体の話をしてから、地元のお食事処のようなところへ夕食を食べに行く。

彼女はお酒が大好きらしい。ガシッとビールジョッキをつかんで飲みほす様子など……いいね。そうしながらも、プリンスを横抱きして寝かしつけてくれた。堂に入っている。

あまり打ち合わせらしいことはしなかったけど、「まずはちょっと雰囲気を知りたかったので」ということらしい。……なるほど、雰囲気ね。大事だよね。

メイクのNちゃん、あれから何度も髪の毛の形を試行錯誤してくださり、練習用の人形でためしに作ったものを、何パターンも写真で送ってくれる。私がお願いした髪型は、雑誌の撮影用の和髪で、あまり実質的ではない形だったので360度見られる花嫁には本当は不向きだろう。それでも、正面だけの写真から、後ろがどうなっているのかを想像し、師匠にもアドバイスをもらいながらトライしてくれているらしい。本当にありがたい。

10月9日（月）

私と夫ともに、だんだんと疲れがたまってきている。お互い、背中の肩こりがひどい。特に夫は、披露宴のあとにNYUの大きなパーティーも控えているので、その準備で頭がいっぱい。世界からNYUの卒業生の集まる大きなパーティーが、たまたま今年は日本で開催されるという。パーティーの前には一日がかりのカンファレンスもある。そこにお願いするパネリストや司会の交渉、パーティーのアレンジ、そこに寄せられる様々な人たちの要望の調整など、本当に大変そうで、今、仕事以上に全力を注いでいる。

たまたまアメリカンクラブの同じ大ホールであるので、「披露宴は練習な感じ」とか言っている……おい。

披露宴のほうも、進んでいるような、まだまだなような……この焦り感はなんだろう、という落ち着かなさ。

実は、披露宴のプログラム内容の多さに加え、この上さらに「フラッシュモブ」をしようという話が出ている。パーティーの参加者や会場のスタッフたちが全員仕掛け人となって、一斉に踊り出すというあれ。

……え？　今から？　さすがに無理じゃない？

私「というか、それって驚かせるのは新郎新婦なんじゃないの？」

夫「いやいや、会場の皆さまに楽しんでもらうためのものだから」

とか、言っている……。

私たちのプロフィールや、会場の皆さまとの思い出映像に使う写真の準備にも、かなり時間がかかっているし……。


夕方、ドレスのお店に行って最終フィッティングをする。ドレス関係に関しては、ひと通りすべての手配が終わってホッとしている。

10月10日（火）

披露宴に向けて、今日もいろいろなことが起こっている。トラブルや行き違いも起こっていて、大変。

この忙しいときに限って、新しいアクセサリーブランドのはじめの作品ができてきたし、今月半ばからアメブロも始めるし、他にも、昔種まきしたことが「え？　なぜ今？」というタイミングで形になったりしているので忙しすぎる。

そして夫も、この10年間一番というほど忙しくなっていて、とにかく時間が足りないらしく、やるべきことが多すぎて、ふたりで毎朝早朝に目が覚めてしまう……。

ワクワクして目が覚めるのではなく、焦りで目が覚めるこの感じ……すごく嫌だけど、披露宴までは覚悟を決めよう。

そんな忙しい日の午後、「恋ダンス」の振付の先生がやって来る。

今はなき某人気アイドルグループSの振付もしていたという先生に、恋ダンスを教えてもらう。

これは……難しくないか……?

私は練習すれば大丈夫だと思うけれど、夫がこれを踊るというのは……できるかどうか……を通り越して、笑える。

若いアシスタントプロデューサーが、夫の練習姿を見て静かに噴き出していた。

10月12日（木）
午前中、ネイル。
夕方から来週の講演会の打ち合わせ。そうだ、講演もあったんだった……、その前日にはホホトモサロンもある。

夜、中学の同窓会。中学1年生のときの担任の先生を囲む会。

このクラスは、ものすごく個性的な子ばかりが集まった超うるさい名物クラスで、今も中等部の先生たちの記憶に残っているのだそう……え？　そこまで？　たしかにうるさかったけど、そこまでとは……。

「先生、よくそんなことまで覚えているね」

「そりゃあ、覚えていますよ、このクラスのことは。とにかくもう、毎日茫然としたというか、問題児も多かったしねえ……。でもね、今思うとまだまだ昭和的な微笑ましいいたずらの域を出ていなかったねぇ。今はね、大変ですよ。ちょっと先生が叱ると、すぐに親が出てくるしね。やりにくいですよ」

などなど……。

みんなが集まると今でもこんなに面白いとは思わなかった。みんな、かなり毒舌（笑）。すごく会いたかった元男子ふたりとも話せたので、よかった。

10月13日（金）

披露宴の会場の絨毯がオレンジなので、チェアカバーはオレンジ、テーブルクロスはバーガンディ（ワインレッドのような深い赤）、ナプキンもワインレッドにした。秋だしね。

来週のホホトモサロンの衣装ができてきた。

今回はバリ島で買ってきたレースを使った総レースのワンピース。薄いグリーンブルー。とても気に入っている。袖の長さを、腕にぴったりとそわせて手の甲まで伸ばしてもらうはずだったのだけど、伝えるのを忘れたので普通の長さ……まあいいか。

新しく作ったブレスレットが映えそう。

あ、新しいブランドの名前は「Riki Riki」という名前になった。ハワイに住んでいた頃、私が幼稚園の帰りによく寄っていたドライブインの名前。あの頃を思う懐かしい感じと楽しかった感じがミックスされた名前。

10月16日（月）
今日はママさんの誕生日だけど、あまりにもいろいろと忙しいのでお祝いは延期に。披露宴が終わってからゆっくりと。
午後、北原さんの佐島の家に行き、「恋ダンス」の撮影をする。

→今、あまりの忙しさにお休み中。今後の自分に期待。

この忙しさで、めっきり痩せた。そして出産前の体型に戻る。

よかった……と言うべきだろう……。

10月17日（火）
披露宴まであと10日だなんて、信じられない。

先月の終わりくらいにあった「不可抗力でそうせざるを得ないことになった」という事件、この半月くらいで「それのおかげでこうなった」といううれしい展開がいくつも起こってる。それでもまだ完全にモヤモヤが払拭されるほどではないので、これが最後にどうなるか、まだまだ見モノ！

ママさんが、プリンスに室内用のズボンを作ってくれた。やわらかい薄手の生地で、パジャマにしてもいいし、プリンスも履き心地よさそう。こういうのが欲しかったの！

そう言えば、プリンスが披露宴に着る洋服を考えなくちゃ。はじめに気に入って買ったものは、ウールのロンパースなので、まだ暑そう。

10月19日（木）

無事に、私たちの「恋ダンス」の収録が終わった。

披露宴の最後に流れる、プリンスを紹介するための「まんが日本昔話」の映像も、私たちが出る分の撮影をした。はじめて、ブルーシートの前で撮影したものを合成する、というのを体験した。アニメの体に、顔だけ私たちをはめこむ。

すべてにおいて、そんなことまでしてくださるなんて……という凝り方。完成が楽しみ。

そうそう、フラッシュモブはさすがに盛りだくさんすぎるのでやめた。

よかったぁ。新郎新婦も途中からダンスに加わるかも……だなんて、無理！

「いいよやろうよ、ボクは踊れるよ」

なんて言っている夫。「恋ダンス」で自信がついたのか、あまりの忙しさでアドレナリンが出ているのか……。

「あなたはタキシードだけど、私はドレスなの！！！」

「……そうか……」

もはや私たちは主役というより余興の仕掛け人、出演も現場もこなす「なんでも屋」……。

10月21日（土）

ホホトモサロン。

産後はじめてなのでワクワク〜。ああ、ファンクラブイベントはどうしてこんなに楽しみになるのか、不思議。

この半年間で感じたことをダダダダダーと話す。特に「産後の1ヶ月、目の前のことしか見ている余裕がなかったら、心配だったことが解消された」という話ね。そしてまとめとしてはとにかく、「物事を常に自分が居心地よいように捉えていく」ということ。「起こる事柄の良い悪いを早くから決めつけない（必ずベストなことが起きているとあとでわかるから）」ということ、このふたつに尽きる。

終わってから、バリツアーに参加してくださった方を中心に、ファンクラブのホホトモの有志たちが、「恋ダンス」の団体撮影に参加してくれた。

振付の先生が、その場で一気に教えて一気に撮るというスピーディーな流れ……やればできるもんだ。

10月22日（日）

今日は、「未来を約束する1日」という講演で話した。台風で、お客さんの入りが半分くらいになってしまったらしい。たしかにすごい雨。

はじめに私と武田双雲君と山本左近さんの３人で対談をして、そのあとにそれぞれが40分ずつ話すという流れだった。

この講演の主催者がちょっと変わっていた（笑）。話をいただいたときからそれは感じていたのだけど、左近さんの楽屋で本番前の打ち合わせをしたときに、確信を深める（笑）。

私たちの対談前の前座として、この人が会場でコントをするという……。本番で実際にそれが始まったときは、あまりの滑稽さに凍りつきそうになったけど……それもまあよし（笑）。

３人の対談が始まったら、流れは戻ったし（笑）。

私たちは三者三様だけど、確実に共通点があった。たとえば会場からの質問で、

「これをすると気持ちが切り替わる、という独自の方法をそれぞれお持ちですか？」

という質問について。

左近さんは「ヘルメットをかぶる！」と答えた（笑）。ヘルメットをかぶってユニフォー

ムを着た途端、切り替わるそう。「自分はこれをすると切り替わる！」と自分に暗示をかけて、その行動に意味づけしているということ。ユニフォームって、本来そういう目的がある。その波動を身にまとうことで、その仕事のモードに入る……。

私も似たことをしている。「これを見るとワクワクしたよい状態を思い出す」という「もの」を用意している、ということ。すごく楽しかった旅先で買った置物だったり、自分が小さく開眼したときに記念に買ったものだったり、見るだけで楽しい気持ちを思い出せるものがいろんなところにあって、それを見ることによって、そうだそうだ、と思い出すのだ。

双雲君の「切り替え」の方法は、「すべてを五感全身で感じるようにする」というものだった。日常にある行動のひとつひとつをぞんざいにしないで、味わう。たとえば筆を手に取るのも墨に浸すのも、パッパといい加減に適当にやらないで、とても貴重な筆を扱うように手に取り、筆一本一本の動きまで感じる。日常生活でも、たとえば顔を洗ってタオルで拭くときに、その肌触り、香り、すべてを感じる……。

ここを双雲君に言わせると（目をつぶって）、

「あ、タオル♪　あ、これ、今治♡」

とかするんだって（笑）。

これもわかるなあ。目の前の作業ひとつひとつを大事にすると、暮らしをとても丁寧に大事にしている感覚になって、やる気が湧く。お皿洗いひとつでも、そう。

「不安や心配事に意識が向いてしまったときにどうやってそこから抜け出すか」

という質問については、3人とも、「その不安を分析する」という答えだった。

いくら不安なことには意識を向けない、といっても、ただやみくもに蓋《ふた》をして見ないようにするのではなく、私の場合はどうして不安に感じているのか、その不安を分析する。

すると、この部分は私が対処できるな、それ以外はできないな、など、できる部分とできない部分がわかる。できる部分はすぐに動く。できない部分をいつまでも考えていてもしょうがないので、やることをやったら、それ以上考えなくていいとわかる。

こうやって細分化すると、解決に向けて自分がやるべきことは意外と少ない。

対談が終わってから、私と左近さんの共通の友人が楽屋に遊びに来た。

そして、彼の子供とその教育にまつわるいろいろな考えを聞いて、清々しい気持ちになった。筋が通っていて、ぶれていないこの夫婦の教育方針がとてもよかったのだ。夫婦がお互いの考え方を認め合っている気持ちよさ。

あ、そういえば彼との関係も、「昔の縁が戻る」というセドナで言われたことに当てはまってる……。去年、この彼にバッタリ再会したときのことが載っている日記本をちょうど持っていたので、そのページを見せた（『変化はいつも突然に……　毎日、ふと思う⑯』の158ページ）。

ふ～、これで披露宴までの忙しさは一段落した……って言っても、あと1週間かぁ……。

でもまあ、体調に気をつけて、映像の修正と最後のこまごまとしたことだけを考えよう。

それにしても、この10日ほどの忙しさと疲れ方は半端じゃなかった。

今朝の講演も、家を出る1時間前までどうやっても起き上がれなかった。隣にいたプリンスが、動かない私のことをジーッと見つめていたくらい。

楽屋に遊びに来た友達からも、「ねえ、痩せたでしょ?」と言われたし。

この1週間で体全体がギュッと小さくなった。


さて、夜はアメリカンクラブで夫のマリオ映像の撮影。

ストーリーとしては、海外からの要人の接待ゴルフをしていて披露宴開始に遅れそうになっている新郎が、大急ぎでゴルフ場から戻る車の中でマリオに変身。あの土管を通ってワー

プしてようやく間に合う、という……。

今日は、土管から出てきたマリオ（夫）がアメリカンクラブ内を走って会場のドアの後ろに到着し、新婦（私）にごめんごめんと拝むところを撮影。次の瞬間、映像内でも現実でもドアがあいて、新郎新婦、入場……。

ひゃあ、ドキドキする～。

10月24日（火）

披露宴の映像チェックと、小さなトラブル処理に追われる。

もう……今さらそんなこと言わないでくださいよ、とか、そんなの自分たちでなんとかしてくださいよ、とか、どうして頼んだものと違うものになってるんでしょうか……という心の声をグッと飲み込む。

私と夫の友人たちから、「恋ダンス」を踊った動画が続々と届く。

面白い！　これを全部素敵につなげるって、ものすごく大変そうだけど……。

そしてビックリなことに、この差し迫ったときになって、映像製作担当のKプロデューサーから連絡があり、「ご主人に内緒でサプライズビデオを撮りませんか？」という提案があった……。

……すっごくうれしいし、なんでもやるけど……え？　今からですか？

とにかく明日の夜、Kプロデューサーとアシスタント君と3人だけで食事をすることになった。

今週末、また台風がきているらしい。でもまあ、進路はそれるだろう。

10月25日（水）

もうこの1週間は、アメリカンクラブ側とプロデューサーたちと、映像編集の担当さんたちのメールが飛び交っている。

頭がこんがらがりそう……。

プロフィールビデオなんて、細かいところの修正がまだまだたくさんあるし、「まんが日本昔話」のビデオも半分くらいしかできていない。あと4日なのに！！！

でも、この人たちの世界ではこれが普通のことみたいね。テレビを相手にしている人たちの直前の作業力、忍耐力、瞬発力はすごい。それに合わせて、私もまだまだ映像の修正チェックが続きそう。

ああ……新婦って、もっとエステに行って体調を整えて本番を待つのみ、とかいうものなんじゃないの？

この10年の中で一番慌ただしいって一体……。

今日の夜は、夫に内緒で夕食に出かけなければならない。

「今週はできるだけ家にいるようにする」と言っていたので、「ドレスのフィッティングでトラブルがあったみたいで、ちょっと行ってくる、できるだけ早く戻るから」とラインして、家を出る。プリンスはママさんのところ。

指定の西麻布の会員制レストランに着いた。

KプロデューサーとアシスタントのIさん。

後半の部で、お祝いのビデオメッセージが流れたあとに、夫には内緒でこの映像が続けて流れる、ということになるらしい。

酔っぱらう前に撮りましょう、ということで、インタビューされたことをカメラに向けて

話した。「ご主人の好きなところはどこですか？」とか、「直してほしいところか？」とかなれそめなど。あとはうまくつなげるから大丈夫らしい。

やっと落ち着いて、食事。Kプロデューサーはものすごくスピリチュアルな人だった。「鳥」と話ができるらしい。「植物は、もう少しという感じです」とか言っていた……。それから鯉とも。「鯉」って、池の鯉。大学生のときに、目の前を泳ぐ鯉をジーッと見ていたら、自分が鯉になって池の中を泳いでいる感覚になり、苦しくなって水面に出たいと思って上を向いたら、その瞬間に鯉が水面上に跳ねた、という経験があり、それ以来、鯉には特別の感覚があるようだ。

最近撮ったという、川に泳いでいた鯉の映像を見せてくれた。Kさんが「はい、今、上がってくる」っとばかりに画面を上に動かした瞬間、鯉が大きく「チャポン」と跳ねた。

……Kさん、これは相当、面白い人だ……。でもこういう話は、外ではほとんどしていないらしい。

「こういう感覚を持ちながら、テレビの仕事をというのは、そのギャップが難しいところなんです」

と言っていた。そうだろうそうだろう……。

そして若手アシスタントのIさんも、学生時代にラグビーをしていたときの話が面白かった。練習で毎日傷だらけだったけど、

「血が出ているようなすごい傷でもお風呂でガーーーーっと洗うと治る、っていう、部員

たちが信じていることがあって（笑）、だから治れーってやると、ホントに次の日には治っているんですよ」

とか言っていた。みんな、なんか面白い。

大急ぎで、なにくわぬ顔で帰る。

10月26日（木）

台風の進路は少し右にそれ、上陸することはなさそう。

降水確率は90％だけれど、ちっともガッカリしていないのはなぜだろう？

天気なんて、まったくとるに足りないような気がしている。あ、雨が降ると、神社で「雨の日だけに使うという本殿への渡り廊下」を使うことができる……あそこ、すごく気に入っているので、いいかも。

きのうプロデューサーのKさんとIさんと食事したときの話を、あやうく夫に話してしまいそうでヒヤヒヤしている。

「きのうの夜ね」と話し出したところで気づき、「……ドレスがなにごともなくてホントによかったぁ」とか言って……。

10月27日（金）

今日も朝からバタバタと、いろいろなことを進める。

この期に及んで、パパさんから鏡割りのとき北の富士さんについての注意事項がきたり、招待状を出していないのに来たい、という人が連絡してきたり、引き出物の変更が出たり……落ち着かない気持ち。

夕方5時から現地で映像のチェック。会場内は、すでに私たちの披露宴のためのテーブルと椅子をセッティングしているところだった。こうして、見えないところでたくさんの人たちが準備してくれていることにジーンとする。

マリオ映像のあとに私たちが入場するところの曲を選ぶ……今頃（笑）。はじめ提案されたジャズは（会場にジャズバンドを入れているので）、悪くはないけれど披露宴の入場にしては地味な気がしたので、「シンバルが鳴り響くような、始まりにふさわしい派手な曲がいい」と言ったら、その曲にシンバル音が追加されるというおかしな感じになり……すべてリセット。結局、お決まりの結婚行進曲（メンデルスゾーン）にした。

「パパパパーン、パパパパーン」というあのはじめの部分はカットして、次の一番派手でわかりやすいところで入場。会場内のマリオ映像からうまくつなげてもらうということで、ドアを開けるタイミングや、司会の言葉とスポットライトのタイミングを決める。

これが決まって、ひとまず落ち着いた。

あとは、「恋ダンス」と夫へのサプライズビデオと、お色直しで中座のときに流す会場の皆さまとの映像の修正をやってもらい、アニメの「まんが日本昔話」を確認する……おい！

こうやって書くと、まだひとつも完成していないじゃないか……。

お色直しの曲も今日決まるかと思ったけど、ジャズはイメージが湧かないので、提案されている曲名リストを持ち帰ってゆっくり決めることにする。ジャズバンドを入れたの、間違っていたかな……。

それにしても、映像制作のG社の皆さまは、本当によくやってくださって頭が下がる。だって、同時進行でソフトバンクのCM製作とかをしている人たちなのに……それと披露宴って、仕事に差がありすぎて申し訳ない……。

10月28日（土）

明日が披露宴なんて信じられない気持ち。

きのう、引き出物の中に入れる私の本が一種類、会場に届いていないことがわかった。慌てて担当編集者さんに連絡。たしかに手配をしたそうだけど、原因究明よりも、とにかく今日中にそろえてもらわなくてはいけないので、アマゾンから現地に送ってもらうことにした。明日着だというので、それではなにかあったら間に合わないと思い、今日中に届くようにこちらから手配する……ふ〜。

それから、お色直しの再入場の曲を選ぶ。ユーチューブで好みのクラシックを選んで指定した。今頃こんなことを……と思ったけど、間に合うものだ。

あとは御車代や謝礼の準備、プリンスの明日の持ち物チェック、タクシーの予約など。

映像はこれから最後の修正で、またも、いろんなメールが飛び交っている。

司会のXさんと電話で話し、アメリカンクラブの会場担当Yさんにも次々メールする。最後になればなるほど、どんどん細かい内容になってきて数分おきにメールのやりとり。

「ワインの説明を入れるのを忘れていました」

とか、

「マリオのセリフのところ、セリフの○秒から始めてください」

とか、

「御車代を乗せるお菓子の箱は、私たちの部屋に入れておいてください」

だとか。

深夜すぎまで映像チェックをして、プリンスの持ち物他を確認し、家族に神社への集合時間をもう一度確認する。

夫は、「明日持っていくものの中で一番忘れちゃいけないのは、マリオの帽子とつけ髭」とか言ってる……。

10月29日（日）

朝。8時前にママさんが来る。プリンスの荷物を細かく指示して、迎えに来る私の弟にラインなどしていたら、「もうあとは全部まかせてゆっくり」と言われる。

ホントにそうね……と言うか、私はやりきって、もうすべて終了した気分だよ……。

10時に夫と一緒にアメリカンクラブへ。私たちの支度部屋へ入る。

ベッドルームの広い客室。テーブルの上にはすでに電報やお花が届いている。そう言えば、会場前のホワイエに、私の本が並んだタワーみたいなデコレーションのが立つはずなのだけど、どうなったかな……。いいやいいやもう、まかせよう。

ガウンに着替えて、すでにスタンバイしているメイクのNちゃんの前に座る。

……はぁ、ようやくホッとした。あとはもう、流れに身をまかせるのみ。

そこへ、今日一日の撮影をしてくれるオーストラリア人の女性ふたり、ディー&リーさんが入っていらした。とても信頼できる雰囲気。素晴らしくセンスのある写真を撮ってくださるのは、事前のアメリカンクラブ側の説明で充分にわかっているので大丈夫。さっそく、小物やドレスなど、次々とセッティングして撮影を始めた。夫のさりげない横顔とか、私たちが談笑している姿とか……うん、それだけで、とってもよさそうなことがわかった。その他、アメリカンクラブ側からの付添人や、お部屋係の人など、次々に入っていらしたので挨拶。

だんだん顔ができあがっていく。すでに着付けが終わっている夫は部屋中をウロウロ。

予定通りにメイクが終わり、髪も仕上がった。最後まで迷っていた造花は、結局は私が前から持っている好きなものをアレンジして作った。

続いて着付け。ふたりがかりでスピーディーに気持ちよく着付けていただく。花嫁さんの和装5点セット（懐剣《かいけん》、箱せこ、丸ぐけ、抱え帯、末広）をつけると、一気に花嫁。

12時半から写真撮影へ。アメリカンクラブ内の渡り廊下や、レストラン内など、様々なところで。ちょっと振り向いたところ、後ろ姿、見つめ合うところなど、何カット撮っただろうか……。

最後に入り口で雨傘を手にした正面のカットを撮り、車に乗る。お見送りしてくれるアメリカンクラブ側のスタッフたちの写真もしっかり撮っているディー&リーさん。

1時15分に神社へ。そう、今日はやはり雨だった。台風が近づいている。

でも、この雨がしっとりしている感じが、それはそれは落ち着いた。雨でも空は明るく、緑が映え、他に人がいない、これがなにより！　裏口から建物に入り、控室で最後の説明を受ける。和やかな説明を受けて、私たちふたりになる。

「楽しみだね」

「うん、でも、実感ないね」

「ないない」

とか話しているうちにあっという間に時間になり、本殿横の渡り廊下に案内される。前には御神楽の人たちと神主さんたちの長い列。その最後に並ぶ。

「ピョーーーー」が始まって、歩き出した。ここがよかった。この渡り廊下、シトシトシトシトという雨のBGM、とっても落ち着く。鳥肌。

本殿には、ちゃんと両家の家族が座っていた。

参進《さんしん》、修祓《しゅうばつ》、祝詞奏上《のりとそうじょう》、三献《さんこん》の儀、御櫛《みくし》預けの儀、誓詞奏上《せいしそうじょう》、新郎新婦玉串奉奠《たまぐしほうてん》、媒酌人玉串奉奠、親族結盃《けっぱい》、と説明された通りに、とどこおりなく終わる。あ、「御櫛預けの儀」、というのが他にはない儀式で、新婦から新郎へ櫛《くし》を預けるというこの神社の神話（櫛の姿に身を変えた奇稲田姫命《くしなだひめ》を、素戔嗚尊《すさのおのみこと》が髪に差してヤマタノオロチ退治をした神話）に基づいている儀式だった。

式のあいだじゅう、プリンスはまったく泣かなかった。目を見開いて様子を見ていたらしい。またも、プリンス、おりこう。

終わってから、広い床の間で写真撮影。プリンスを抱っこして、家族、親族の写真を撮る。床の間の前で、ふたりで座って撮った写真は完全にお雛様と御内裏様《おだいり》……プププ。

あれ？　でもこの広間って、本当はこの神社の専属カメラマンをお願いしていないと使えないはずだったんじゃないかな……。ディー&リーさんも「珍しい、すごくラッキー」と言っている。いいね！

アメリカンクラブへ戻る。プリンスは私たちのベッドですやすや眠り始めた。

私もちょっと落ちついて、一度着物を解き、サンドイッチなど食べて30分ほど休む。

また和装で入場なので、次は気持ちの余裕がある。メイクのNちゃんが「今日の式は、すべての時間設定がほどよいですねぇ」と言っていた……なんか……いいね。

司会のXさんがいらしてくださった。どうぞよろしくお願いします。

夫は入場のあとに高砂で話す挨拶のポイントを確認している。そしておもむろにマリオ帽子をかぶり、髭をつける。

会場に降りて、ドアの手前で待機。ドキドキする。

会場内ではXさんの声。

「まもなく新郎新婦が入場して参ります……」のところで、アメリカンクラブのスタッフが大慌てで走り寄り、Xさんに耳打ち。それを聞いて驚いたXさんが、

「……はい！　なんと、ただいま新郎の接待ゴルフが長引いているようで、少々到着が遅れております。現地から中継がつながっております」

で、ゴルフ場からの急いで駆けつけるマリオ映像が流れている……はず。

ひゃあ、ドキドキ〜。

会場内の映像とタイミングを合わせて、はい、ドアオープン〜入場。

中は暗く、私たちは全身にスポットライトをマックスに浴びているので会場内はまったく見えない。夫は手を振りながら数歩入り、マリオの帽子と髭をもぎとって、ふたりそろってお辞儀。会場をまわって高砂へ。

そこからはもう、あっという間だった。

夫のスピーチ、そこで席次表に肩書がない理由や、今日の会の主旨を説明した。

今日の会の主旨、それはもちろん、私たちが大好きな人たちに感謝を伝える会だ。両家が開いているのではなく、新郎新婦本人たちが開いているからこそ、お付き合いではない自分たちの好きな人を呼ばせていただいた、ということ。

続けて、両者の紹介ビデオ。新婦を上げて新郎を下げるというお決まりの作り。そうそう、

このビデオのために写真選びをしていたときに驚いたのだけど、夫のお母様のお若いときがものすごく綺麗だったこと。お世辞ではなく……綺麗。そして、夫の赤ちゃんの頃がプリンスに似すぎている……。

続けて、祝辞ひとりずつ。そして鏡割り。壇上に樽が運ばれる。重鎮のT様、S様、M様、元横綱「北の富士」さんの音頭で開き、乾杯をする。

S様の一言が、印象に残った。

「みなさん、こんなに素晴らしい披露宴がありましょうか！　これから台風がくるというのに、こんなに大勢の人がここに集っているという……（笑）」

会場の笑いも誘った。

そこから歓談。私たちは各テーブルをまわる。すべてのテーブルをまわりたい、というのも、私たちの希望だった。これまでには、「余興が多いので全部はまわりきれないかも？」となりそうなときもあったのだけど、なんとか調整できてよかった。

はじめは手前の8テーブルを20分で。

お色直しで中座。会場内では出席者の皆さまとの思い出の映像が流れているはず。

私たちは大急ぎで控室に戻り、髪の毛をドレス用のアップにチェンジ。15分ほどで打ち合わせ通りのスタイルになり、パールのティアラをつける。Nちゃん、本当に頼りになる。

30分弱で戻り、入場。この入場のときの曲、ビヨンセの「Halo」（Classical Cover by

Aston)、好き。まあ、これもきのう慌てて選んだという慌てよう……。

皆さまと同じ高さに椅子が用意され、一緒に「恋ダンスリレー」のビデオを見た……ウケる！　ホホトモさんたちのダンス！！　大阪のK子ちゃんチームのダンス！　海外から送ってくれた人、夫の意外な友人（あの人が踊るとは!!）、みんな一生懸命で愛がこもってた（涙）。北原照久さんご夫妻のダンスは、おふたりのメッセージ付き。夫の友人の外国人チームは、曲に合わせて腰を振ってるだけだった……うん、それでいいのだ（笑）。誰かのダンスが映るたびに、どこかのテーブルから歓声があがっていた。

ここで、今回のすべての映像制作をしてくださったG社のK社長のご紹介。この方のご提案とご協力のおかげで、この披露宴のエンターテインメント性は何倍にも上がった。本当にありがたかった。

続けて、またテーブルまわり8つ。

意外でうれしかったのは、夫と私の招待客が重なっていて、「まさかあなたが新郎の友達とは！」「あなたが新婦の招待客とは！」みたいな思わぬ再会があっちでもこっちでもあったようで、歓談中、みんなが移動してあちこちから歓声が上がっていたこと。

同級生たちのテーブルに行くときは、妙に恥ずかしかった。そうそう、今回は、この40歳女子のテーブルが、会場内で一番年齢の若いテーブルだった……（笑）。はじめ、とにかく出席者の8割が男性なので、「帆帆ちゃんの同級生の華やかテーブルを、新郎側の真ん中に入れようか」とかいう提案があったほどだった。

私「え？　でも、もう、みんな40歳だよ？」

夫「だいじょぶだいじょぶ。50代〜60代が一番多いから。いっそ女の子をひとりずつ男性陣のテーブルに入れる？　みんな喜ぶと思うんだけど……」

私「ちょっと、冗談でしょ？」

夫「または、はじめから席順はくじ引きにするとか？　これは盛り上がるぜ〜」

私「ちょっと、冗談でしょ？」

とかいう会話が、2週間前くらいまであったのだ。

そんなことを思い出しながら楽しくまわって、次は御祝いビデオレターを見る。

書家の武田双雲君、サッカー選手のデビッド・ベッカム氏、競泳選手の松田丈志さん、そして最後に安倍総理からも。それぞれに味のある素晴らしいメッセージだった。総理のメッセージは、会場の笑いを誘うさすがのスピーチはもちろんだけど、おつきの人たちにカメラの前に案内されて話し始める場面から作られていて、映像的にも完成度が高かった。

そして、ここで夫には内緒のあのサプライズ映像が流れる……はずが……あれ？

いや、流れたのだけど、あれ？　私がチェックした映像と違う……。

……なんと、夫も私に隠れてサプライズビデオを撮影していたのだ……。

私が昨晩までチェックしていたビデオと、まったく違う編集のされた別のビデオが流れて……つまり、お互いに「次はサプライズビデオが流れる（ウシシ）」と思っていながら、見てみたら違うものが流れたことになる。それも、お互いにインタビューに答えていた映像が絶妙につなげられていて、笑いのビデオになっている……ひゃあ、驚いた。G社の皆さん、やるなあ……。

制作関係者の皆さんによれば、今朝のリハーサルのときまで当初のビデオ（私が映像チェックしたもの）が流れるはずだったのだけど、突然K社長が、場をもっと盛り上げるために新しい映像と入れ替えたらしい。制作関係者の皆さんも今朝まで知らなかったという……。そうだよね、はじめから差し替えが決まっていたら、実際には流れない映像をあそこまで私に細かくチェックさせないよね。

あっぱれK社長。さすがすぎる……。

ふ〜。それから再び高砂席に戻り、大手百貨店経営者のAさんご夫妻、大手文具メーカー経営者のIさんご夫妻、大手出版社社長のNさんご夫妻から一言いただく。

そして指揮者の小林研一郎氏が、お祝いの言葉に代えて弾き語りをしてくださった。

信じられない（嬉）！！！

あの独特の語りと歌とピアノが始まった瞬間、会場のエネルギーがグッと上がったのがよくわかった。惹きつけるってこういうこと。

「帆帆子さんと話していたら、新たな創作意欲が湧いてきて……」なんて言っていただき、うれしさに震えた。

そして最後に、プリンスを紹介する「まんが日本昔話　桃太郎」のビデオが流れた。

「河原で執筆をしていたおばあさん（私）が桃を拾い、山でゴルフをしていたおじいさん

（夫）が桃を割ると、中から玉のようにかわいいプリンスが誕生、（そこからほんの少しプリンスの写真が流れて）めでたしめでたし……」

その映像のあいだに私たちは会場後ろに移動し、夫がママさんからプリンスを受け取った。プリンス、すっかり着替えてニコニコ顔。

そして家族3人そろってご挨拶、私から皆さまへ、夫から皆さまへ一言ご挨拶させていただき、退場、閉会。

………やりきった………。

会場外で皆さまをお見送り。そのあいだもプリンスはずーっと静かに夫に抱かれ、目の前を通りすぎる人たちをジーッと見ていた。よだれをだらだらたらしながら。

終わって、そのまま館内で、また写真撮影。レストラン前の光のオブジェの前やバー、夜景の見えるスポットなど。

最後は東京タワーがバックに写るところでラブラブショット。閉まっていくエレベーターの中で手を振ったところを撮影して、終わり。

ふ～………やりきった………。

脱力………もう力が入らない………。

部屋のソファに倒れ込む………それが今。

彼は、外国人チームが下のバーに集まっているそうなので、ちょっと顔を出しに行った。

ああああああ、放心…………こんな充実感は人生の中ではじめてかも。

やりきった。

ふ～…………。お腹すいたぁ…………。

10月30日（月）

きのうは、あのあと、プリンスが気になるので私だけ帰り、夫には泊まってもらった。

あの大量の荷物をきのうだけでパッキングするのは無理だったので、泊まってくれてよかった。

その大量の荷物とともに夫が帰る。様々な雑用を全部済ませてくれてありがとう！

ある著名な方の奥様から、

「こんなにいい披露宴とは!!　落ち着いた中にも楽しく、なんとも言葉になりませんが、不思議なとってもよい感じなのです」

というられしいラインをいただく。

他にも「本当に楽しい披露宴だった」「日本人でこんなに面白い披露宴は見たことない」「こういう会、我々も金婚式でやろうかと思ったよ」というような、たぶんこれは本心で言ってくれてるね、という感想が次々と届き、素直にうれしかった。

午前中いっぱい片づけをしながら、

「あの人はこう言ってたよ」

「あの人はこう思ったと思う」

「あの人があんなに褒めてくれるなんてね～」

など、報告し合う。

そしてプリンスのこと！　なんと言ってもきのうのＭＶＰはプリンスだった。最後、スポットライトをガンガンに浴びた家族３人のお披露目のときも泣かず、お見送りのあいだもずーっと皆さまを送っていたプリンス、５ヶ月半……。

「これは大物だ」とみんなに言われ、うれしく思う。

「生まれて半年までに素晴らしい人たちにたくさん会うといいんだって」と誰かが言っていたから、披露宴はちょうどよかったね～。

よだれを
ダラダラ流しながら
夫に抱かれるプリンス

夫「きのうの中で、誰が一番印象的だった？」
私「え？……それぞれみんな印象的だったけど、その中で特に？　わかんない……」
夫「僕はね、神社で式のリハーサルの説明をしてくれた神主さん。とっても丁寧で親切で穏やかで、実があった。あ、この人が今日のキーマンだ、となんだかボクは思ったんだよね」
私はその夫の感想自体にとても好感を持った。
午後はずっと、御礼の手紙を書いたり電話をしたりする。

10月31日（火）

朝5時に起きて、「まぐまぐ」の原稿を書く。
今日も、披露宴のことを思い出す。

お昼前、ママさんと待ち合わせをして近くのカフェへ。
今日は今年一番の冷え込みだそうだけど、歩いていると汗が……。スタイリッシュなYちゃんからもらったモコモコの防寒着をプリンスに着せてみたら、足をつっぱって嫌がっている。それでも寒いので着せて出かけたら、カフェに着く頃にはホカホカ。天然ホカロン、湯気が出そう。

カフェではもちろん、ずーっと披露宴の話。　あとから出てくるこぼれ話、いろいろ。

11月1日（水）

あ、今日は111の日だ。

朝、気持ちがいいので、家族3人でカフェへ。

オーガニックのサラダをたっぷり。

披露宴が終わり、アメブロを毎日更新する時間ができてきた。

12月のホホトモクリスマスパーティーの準備を始める。

11月2日（木）

プリンスは今、クチャクチャと音の鳴る布絵本に夢中。『いないいないばあ』にも大喜びするようになった。披露宴が終わったら始めようと思っていた離乳食の準備。

パパさんとゆっくり電話して、改めて、披露宴の感想を聞く。

よかった、やって本当によかった。

途中から電話を夫に代わったけど、案の定、パパの話が長すぎる気配があったので、電話に顔を近づけて「パパ、話が長い！」と叫んだ。

11月3日（金）

今日も、朝ご飯は近くのカフェで。

朝7時くらいから開いているカフェが近所に3軒あるのだけど、ここは最短距離、家から30秒。でも入り口が急な階段なので、プリンスと一緒のときは夫がいないと行けない。

しかも一番上の3階席が好きなので、狭い階段をバギーを持ってエッサホイサ。

今朝は、私は海老のドリヤ、夫はモーニングセット。


午後は引き続き、披露宴の後処理。

大人の披露宴のいいところは、みんなのできることが多い、ということ。それぞれに「これができる！」というプロフェッショナルがサッと集まり、準備の段階から楽しむ。出演者

も仕掛け人もコーディネーターもみんな主役。そして当日も楽しめる。

ああ、これぞまさに大人の文化祭！　そして祭りのあとのこの余韻……。


夜は、司会をしてくださったXさんと食事。

きのう急に決まって、今晩になった。

Xさんは潔い。自分の進んでいる方向がはっきりしている。なにを大事にしているかが明確なので気持ちがいい。こういう人、好き。

途中、夫から、かわいいプリンスの写真が送られてきた。その1時間後くらいに、「プリンス、号泣。泣き疲れて今やっと寝る」というラインあり。フフフ。

気づいたら、12時をすぎていた……時間を気にせず外に出かけたのも、夫に預けて家を出たのもはじめて。

「ね？　やっぱり行ってよかったでしょ？」

と夫が言っていた通り、楽しかった。

11月4日（土）

毎日がサクサクと過ぎていく。

漆《うるし》の「山田平安堂」へ行く。実は、ここの山田さん（奥様）の実家がグラフ社という出版社で、私の代表作『あなたは絶対！運がいい』の担当編集者さんだった（今グラフ社という会社はもうない)。

いくつか買い物をして宅配便で送る。山田さんとも久しぶりにゆっくり話して……これもまた昔の縁が戻る、ということのひとつだな、と思う。


夜は夫と「ハンズオン」のチャリティパーティーへ。

披露宴のときと同じアメリカンクラブのホールだったので、1週間前がよみがえる。

この会の理事をされているHさん(ご夫妻)が私たちは大好き。先週の披露宴にもいらしてくださった。奥様は相変わらずかわいらしい。私の好きな顔。

11月6日(月)

トランプ大統領来日中。

きのう、トランプさんのプレーしていた隣のゴルフ場に行っていた夫は、朝から検問の渋滞にはまり(でも松山プロが同じゴルフ場で練習していたのでこれはよし!)、夜は銀座で再びトランプ渋滞にはまりこみ、そして今日は帝国ホテルでまたも渋滞という……(汗)。

まあ、そんなときもある。


今日から3日間、ゆっくり家を片付けよう。

自宅もサロンも、なんだかモッサリしている。

サロンに、いつの間にかプリンスのものが押し寄せてきているので、ここをなんとかしないと落ち着いて仕事もできない。

11月8日（水）

この3日間、片付けに集中して見違えるほど綺麗になった。
サロンも出産前の状態を取り戻しつつある。
いろいろなことが終わって、ちょっと落ち着いてきた。
もう少しで、先が見えそうな気がする……もう少しだ。

11月9日（木）

午前中、片付けの仕上げをして、プリンスをママさんのところへ。

預けたあとのこの解放感……やっぱりあるよね〜、自分ひとりの時間に対する解放感。プリンスのことがたまらなくかわいい気持ちとは別にある、この解放感。

サロンでひとり、ゆっくりとお昼を食べる至福の時間。

午後、ウーちゃんと、先日のチャリティパーティーで会ったMさんと、そのご友人のHさんがサロンにいらした。

ウーちゃんが新しい「カード」（偶然を楽しむメッセージカード）を持ってきていたので、今私が「ちょっと距離を置きたい」と思っていることを話しながらカードを引く。「でも、相手の押しに負けてなかなか言い出せないのよね〜」と話しながら引いたら、「No!」というカードが出たので笑った。

Mさんが恋愛について聞いたときは「ロマンス、ベストタイミング、人に話したほうがいい」というカードが出た。カードってすごいね〜。

Mさんと一緒にいらしたHさんが、また素敵な人だった。

あるブランドの代表でありデザイナーをされているのだけど、そのブランドを始めたときの話を聞いただけで、全身にエネルギーが湧いてきた。

これでいいんだ、という感覚。やっぱりね！　という納得感。いつも私が本に書いていることを体現されているようなHさん。そして、自分が「好き」と思えることをやっていたらこうなった、という感覚の世界。

Hさんと話しているだけで豊かな気持ちになる。存在しているだけでまわりにエネルギーをあげられるのは、その人が本当に人生を楽しんでいるからだと思う。

Mさんが私の去年の日記に書いてあった「秘密の宝箱計画」の話を始めたのだけど、どうもさっきから「秘密の宝箱」じゃなくて、「小さな秘密箱」って言ってる気がする。

私「それ……秘密の宝箱のことですか？」

M「あ、そうそう、それ（笑）。今私、なんて言ってた？」

H「小さな秘密箱（爆笑）」

私「……それ、なんかものすごく小さなことになってませんか？」

壮大な秘密の宝箱
計画が…
手の平に乗りそうな
小さな秘密箱…笑

飾ってあるAMIRIのアクセサリーを見たりして、おふたりは帰った。

ウーちゃんとデリバリーを頼んで夕食にする。ああ、楽しい一日。

11月10日（金）

今日は早くにパッチリと目が覚めて、グングンと仕事をした。

できたことを書き出したら、幸せな気持ちになる。


午後、中学のときの同級生に会う。このあいだの中学のときの名物クラスの同窓会から連絡し合っているY君。あの会でも、話していて一番ピンときたY君。

話してみてビックリ……ものすごくいい生き方をしていた。

今日受け取ったメッセージは、「お墓参りはやっぱり大事（すぐに行こう）」と「自分が持っているマインドに相応のものが返ってくる」ということ、その再確認。

プライバシー確保のために詳しくは書けないけれど、この1年、彼に起こった「え？　そんなすごいこと、あり得る？」というようなラッキーなことは、彼が常日頃から外に発散しているエネルギーが返ってきただけだ、と思う。

その温かいマインド、人生に起こる事柄を楽しんでいる感覚。そして好きなものを好き!!と素直に表現する自由さ。

いいねえ、すごくいい！
帰って、ママさんに興奮して報告。
マ「あのY君がね〜」
帆「そう、あのY君だよ〜」

11月11日（土）

朝起きて、青空がキラキラしているのでお墓参りに行くことに決めた。

こういうとき、すぐに乗ってくれる夫。

準備をしてパパッと出発。途中、ちょっと混んでいたけれどすぐに着いた。

考えてみると、プリンスを連れてくるのははじめて。亡き義父様への紹介も含め、「今後もお守りください」と祈る。


帰って、お風呂に入ってさっぱり。まだ日も高い。

今日から離乳食を始めようと思っていたけれど、帰ったら2時になっていたので明日からにしよう。なんでも、離乳食のはじめは「午前中にスプーンひと口から」と書いてあるので、最初はそれにならおうと思う。

午後は洋服の整理。30分くらい、プリンスと一緒にお昼寝もした。

11月12日（日）

朝から流れがよく気持ちがいい。この「なんとなくいい感じ」は……やっぱりお墓参りに行ったからじゃないかな……。ピンときたことをすぐにやる、そのあとの流れがなんとなくよくなる。それを繰り返していけば、人生全体の流れがよくなる。

離乳食を始めたのだけど、十倍粥の作り方をちょっと失敗。お米の粒が荒いんじゃないかな、と思ったけどよく食べている。なんとなくだけど、この子は……いろんなことが早いような気がするから、少し先取りで始めても大丈夫そう。

最近の私のまとめとしては、「好きなものや楽しいことをもっと素直に表現したい」ということ。「すでにやってそうだけど？」と思われるかもしれないけれど、まだまだだ。この1年くらい、その場の状況を「忖度《そんたく》」して、「ここではそういうことは言ってはいけないかな？」という雰囲気の場も多かったので素直な表現を控えていたけれど、もっと普通でいいんだった、と思い出したのだ。木曜に遊びにいらしたHさんや、おととい会った同級生Y君からも、それを思い出した。

女性は黙っていたほうが得、というような種類の人たちは本当に疲れるし、楽しくない。たぶん、そういう人たちって精神的に未熟で拓けていないんだろうな。

好き！　と表現しているものの立場から見たら、当然、好かれている人のところに行きたくなるよね。これは「開運！なんでも鑑定団」の北原照久さんと話しているときにも、いつも思うこと。「この家、このおもちゃ、いいよね〜、僕は大好きなんだ」という気持ちを最大限に表すこと。もっと自由にいこうと思う。

披露宴が終わって、去年の入籍以降の流れが一段落。地に足がついた感じがする。落ち着いた。落ち着いて、これから先のことを考えられそう。

昨年の入籍後のバタバタ、あっという間の妊娠と出産の期間は、とにかく流れるように暮らし、気づいたらプリンスが生まれ、気づいたら披露宴に向けて突き進んでいた。

それが過ぎてみて、気持ちが本当に落ち着いた。じっくりと、「よし、今日はこれに進もう、今日はこれを種まきしよう、これからしていきたいことはなんだ？」という気持ちになった。

Settle Down という感じ。

一方、夫はと言えば、12月のはじめにあるNYUの大きなパーティーのために、さらに忙しさが増している。披露宴が終わったあとも、少しも気持ちが休む暇がなさそう。

細かいことは現場の人に頼むとしても、上のほうの様々な人たちの思惑、欲、足の引っ張り合い、嫉妬……それらをひもときながら、くさらず、調整しつつ、自分で動いている彼。パーティーとその前にあるカンファレンスに呼ぶ重鎮たちとの交渉も、マンパワーに頼らず、自分との関係性でまとめている彼。こういう人間関係のいろいろ（私の苦手なこと）ができる人は尊敬する。

家で、その話をゆっくり聞きながら、毎晩乾杯している。

11月13日（月）

このあいだ、ある人が、私の友達のサイキック的な力のある人に「私、幸せになれますか？」と聞いているときに、ふと思った。

幸せになれますか？　って……それはいつから？　たぶんもう人生の半分は生きているのに、その幸せ、いつ始まるの？　って……。今幸せを感じていなくちゃ、こないんじゃないかな。「今だよ、今」と心の中でなにかが言っていた。


さて、今日は心の友であるチーちゃんと、前から紹介したかった洋服のお店に買い物に行く。きのうはそれを考えるだけで楽しみだった。

早起きしたら、チーちゃんから喜びのラインスタンプがたくさんきていて「今の気分♪」とある。フフフ。

ママさんにプリンスを預けて出発。

久しぶりに行ったら私にも素敵なものがたくさんあった。パンツ、コート、カジュアルに使えるバッグふたつ、ショールをふたつ、ニットのトップスふたつを買う。あと、家族へのクリスマスプレゼントなどをちょこちょこと。

お店に入ったときから目についていた特徴のあるコート（モスグリーンのムートン、ファーのつきかたが素敵！）をチーちゃんが着たら、とてもよく似合った。私が着ると、なんか違う……。

私「よかった、ひとつしかないから、私も似合っちゃったらどうしようかと思った」

チ「ほんと、私しか似合わなくてよかった（笑）」

とか言い合う。

お店の人とコーヒーを飲んで、チョコレートを食べる。


サロンに戻ったら、ウーちゃんが来ていた。

今日はウー&チー&ママさんの4人で、披露宴の慰労会。

ひとしきり披露宴のあれこれを話す。

そして恒例、未来の私たちの計画について妄想をめぐらす。

今、私たち4人は、ある企《たくら》みを持っている。ちょっとした夢物語で、今すぐ具体的に動けることではない。たとえばそれは、「無人島を買うことになったらどうする？」という話に近いほど突飛。だが、実にリアルに想像している。

あまりにリアルに想像して、「……やっぱ、無人島はやめない？」とか誰かが言い出すくらい。

11月14日（火）

今日はプリンスの4回目の予防接種の日。

なんだか急に寒くなってきた。

11月15日（水）

今日は眠り姫な一日。気だるくボーっとする。たまに思いついたことを書き留めたりして。ビーフシチューを煮込みながら、キッチンで本を読む。

11月16日（木）

きのうよりは活動的。きのう予定していた作業を今日終わらせる、フー。いい加減に新刊の原稿に取りかかりたいと思っていて、編集のIさんからも何度もその後の様子を聞かれるメールをいただくのだけど、いつになったら再開できるのだろう。

ＤＶＤの棚を整理していたら、女優シャーリー・マクレーンの「アウト・オン・ア・リム」が出てきた。彼女が本の「アウト・オン・ア・リム」を書くことになるまでの経緯を、映画仕立てにしたもの。なんとなく気になったので、きのうから見ているのだけど、面白い。彼女が、目に見えない世界のことにどんどん導かれていく過程が最高。

11月17日（金）

「アウト・オン・ア・リム」を2回見た。また瞑想に興味が出てきた。

映画の途中、ペルーにある温泉に入って、シャーリーが瞑想をしながら幽体離脱するシーンがあるのだけど……私、なんとなく……今瞑想すると面白いことになりそうな気がする。ものすごく、する。最近、ちょっとステージが上がったような気がしているから。

それから宇宙人にも会いたい。すごく会ってみたい。

久しぶりに、この「知らないことを探求していくワクワク感」がやってきた。

あ、今ふと思ったけど、この映像を数年ぶりに見たのは、新刊を書く気持ちを作るためじゃないかな。17年前、『あなたは絶対！運がいい』を書いていた頃、私はこの「目には見えないけれど確実にあるこの世の仕組み」を知っていく喜びにワクワクしながら本を書いていた。その3巻目を書くにあたって、その準備としてその気持ちにさせてくれているような気がする。

午後、来週の講演会の打ち合わせ。

終わって、出口まで送ってきてくれた人と話していたら、このあいだまでインドに行っていたらしく「久しぶりに瞑想にはまってて」という話を始めたので驚いた。

夜は、ウーちゃん主催のボジョレーパーティーへ。今年は銀座の「ビストロ マルクス」を貸し切っている。

席次のことでちょっとした問題が発生しかかったそうだけど、ウーちゃんにひらめいた案の通りに意外なふたりを同じテーブルにしたら、実はそのふたりが昔からの知り合いで10年ぶりに再会となってすごく盛り上がった、というエピソードがあった。そして懸案事項だった別の人間関係についても、ミラクルが起こって平和におさまったという。こんなことこそ、神様の采配。大きなことでも小さなことでも、困った、というトラブルが起きたときって、「じゃあどうすればいいかな」と宇宙にオーダーすると、答えがくるよね。あとは、それをためらわず、疑わずに実行するとミラクルが起きる。

食事も美味しく、話も楽しく、盛り上がりすぎてあっという間に3時間半が終わっていた。笑いすぎ……。

11月18日（土）

土曜日……休みの日は、街が休みのエネルギーにあふれている。

朝起きて、すぐにカフェの気分になるのはそのせいだと思う。

今日も寒い。いつも混んでいるカフェもガラガラ。室内はあったかく、パンケーキは美味しく、プリンスもよく寝ている。

帰って、それぞれにパソコンの前に座る。

2時間くらい経ったらもう「ねえ、お腹空かない?」とか言っている彼。

夕飯を早めにするということで、お昼はフルーツのみ。

そして5時頃からチビチビと日本酒を飲んで、お鍋を囲む。ピリ辛鳥鍋。最後にラーメン。

11月19日(日)

朝、プリンスを実家に。風が冷たく、清々しい。

帰りにツタヤに寄って、瞑想関係とか宇宙人とか、なにか翻訳もので面白い本はないかと探していたら友達にバッタリ。ある話になって、私が「こうだといいなあ」と言った瞬間、友達が目の前の書棚を指して「ちょっと、帆帆ちゃん!」と笑った。

そこにあった本の帯には、「〝こうだといいな〟が現実になる本」とあった。しかもそれは私の本……私が監修訳をしたリチャード・カールソンの『読むだけで運がよくなる77の方法』。

今日は新月。サロンに帰って、久しぶりにお願いごとを書き出した。

この半年、忙しすぎて新月のことなんて忘れてた。それから瞑想をする。

午後、家族や友人たちに買っておいたクリスマスプレゼントが届いたのでさっそくラッピングをする。これを配送してくれた人が新しい業者さんで、詳しく聞いてみたらとてもよさそうだったので、今後、荷物の一部はここから送ってもらうことにした。

ちょうど新しい業者さんを探そうと思っていたところだったので、ちょうどいい。

11月20日（月）

きのうは夜中の3時前にパッチリと目が覚めて、いろいろ考えていたら楽しくなってきたので起きてしまうことにした。

そうそう、この旅行のような感じで日々を進んでいきたい。夜だから寝なくちゃ、とかではなく、思いついたそのときの気持ちを大事にする感覚。

アメブロを更新したり、仕事の続きをしたり、手帳にいろいろ書き込んだりしていたら、彼も起きてきたので、コーヒーを淹れて話し込む。

4時半頃にもう一度寝る。

6時半にプリンスの泣き声で起きた。これくらいで起こされるとすごく眠いはずなのに全然……瞑想の効果かも。瞑想すると疲れにくくなるって言うし。

今日は、1時半から夫の目の下（目の裏側）にできたデキモノをとる簡単なオペがある。ちょっと遠い病院で、どの最寄り駅からもタクシーで20分はかかるようだけど、私は夜に講演があるし、オペのあとに自分で運転はできないので、彼は電車で行くことになっていた。

私はママさんに電話。夕方4時半に来てもらう約束だったのを3時に来てもらえないか聞いてみたら、これから歯医者なので、一度家に帰るとまたすぐに家を出なければならなくなるから、「歯医者が終わったあと、すぐにそっちに行きたい」という。

「12時には行けちゃうと思うけど……」というのを聞いてピンときた。これは、私が夫を病院に送って行ったほうがいいということかもしれない。

すぐに夫に電話して12時に会社に迎えに行き、そこから高速に乗ったら40分で病院に着いた。処置はすぐに終わって、帰りもスムーズに戻り、夫は仕事のアポにも間に合った（電車だったら絶対に無理だった）。私も待っているあいだ、車の中で瞑想ができてよかった。

実はママさん、歯医者の受付で、（大学病院なのでいつもそんなことはないそうだけど）たまたま担当の先生とバッタリ会ったのですぐに治療が始まって、いつもより15分以上早く終わったんだって。

マ「あそこで先生と会わなかったら、12時には着かなかったわ。じゃあ、実は彼のためにバッタリがあったわけね」

こういうのも、瞑想の効果のひとつのような気がする。流れがいい、ということ。

そしてそれを実感できるということ、これが大事。

そうそう、もうひとつ。12月にあるファンクラブのクリスマスパーティーに必要なあることを探していたのだけど、このあいだのボジョレーパーティーでちょっとした出会いがあり、それがきっかけで見つかった。あ、考えてみたら、きのう見つけた新しい業者さんのこともそう……やっぱり、瞑想、いいような気がする。再開してまだ2日だけれど、トントン拍子！

さあ、これから講演。

11月21日（火）

きのうの講演は時間が短く感じて、ものすごく早口でしゃべった気がする。

久しぶりに経営者の集まりでの講演だった。

最後に5分ほど、この会の主催者であるK会長が話をされた。その中で心に残ったのは「素直であることの大切さ」と「人を相手にするのではなく天を相手にする」という言葉。

懇親会にも出て、帰る。

終わって家に帰るとき、妙に寒気がして頭が痛くなった。人あたりかも……（笑）。

塩風呂に入り、葛根湯を飲み、夜中のプリンスの世話は夫にお願いして、寝た。

今日はスッキリ。頭の痛さもボーッとした感じも治ってるのでよかった。

「今、私が倒れたら、うちは止まるから」と夫に言って寝たけど、考えてみるとそうでもないかも。夫は、本当にしなくちゃならなくなったらなんでもできるし、私がいなくても大丈夫かも……ああ、でも最近のプリンスは私が抱っこしないと泣くときがあるから、そうでもないか、と思いながらサロンを掃除する。

今日のお昼はNピーとウーちゃんとランチ。

やっと、このふたりを紹介できた。あまりに忙しくて披露宴が終わるまで待っていたので、満を持してのこの会。

Nピーちゃん、私の披露宴のときのプロフィール映像に出てきた「彼から見た帆帆ちゃんの好きなところ」というのがすごくよかったんだって。

たしか、「根拠のない自信があるところ」だった気がする。

N「そうそう、それそれ（笑）、それがもう私、大爆笑で、ちょっとメモしておかなきゃ」なんつって、本当にメモしてた。そして、今注文すると受け取るのが2月になるという美味しい美味しいおせんべいの箱をくれた。

ビックリしたのは、Nピーちゃんも3日前から瞑想を再開したんだって。そして2週間ほど前にペルーに行っていて、そこで一緒に行っていた人たちと「アウト・オン・ア・リム」の話になったそうで……。

「あそこに出てくる温泉みたいな場所、あるでしょ？　あそこにも行きたいなと思ったんだけど、マチュピチュとその温泉はすごく離れているから今回は無理だったの」

なんて言っている。そしてペルーに行ったからには、やはり出てきた宇宙人の話。必ず宇宙人に会えるという「宇宙人村」があるらしい。

N「春が一番会える可能性が高いんだって。そのへんの温泉に普通に入っているらしいよ」

「え？　宇宙人が？　温泉に？」

「……へ～……どうして春なんだろう」

N「……宇宙人の会議があるらしいよ」

「……」

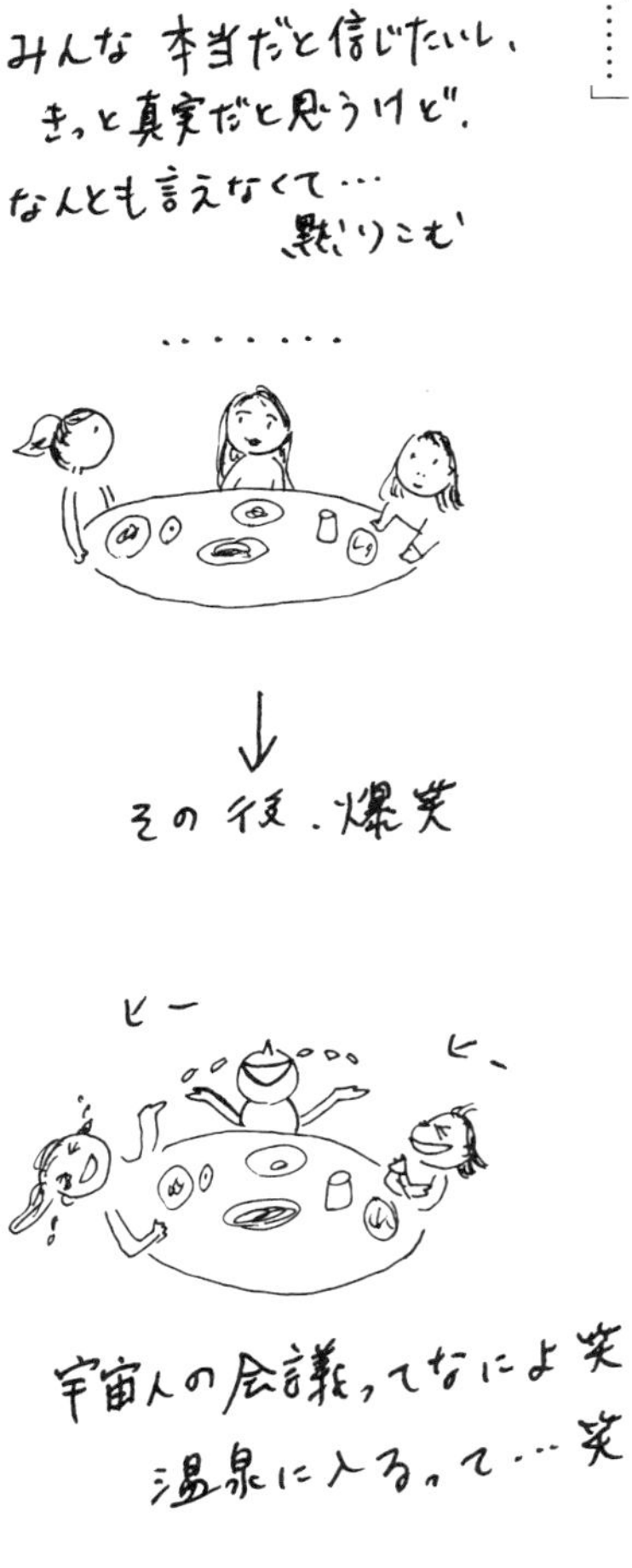

みんな 本当だと信じたいし、
きっと真実だと思うけど、
なんとも言えなくて…
黙りこむ
・・・・・・・
その後、爆笑
ヒー
ヒ、
宇宙人の会議ってなによ 笑
温泉に入るって… 笑

一方ウーちゃんは、来月行くセドナで「星空ツアー」というのに申し込んでいるらしく、そこでのメインは瞑想で、テーマは宇宙人とＵＦＯらしい。なんなんだろう、このシンクロ。

「宇宙人関係、絶対にくるね」

「なんかみんな……絡みすぎてない？」

それから、それぞれの今解決したいことやこれからの計画について話す。

今解決したいことについては、どれも最終的に「よかったぁ」というところに落ち着くと思う。今、心がざわざわすることも、全部途中過程だよね。

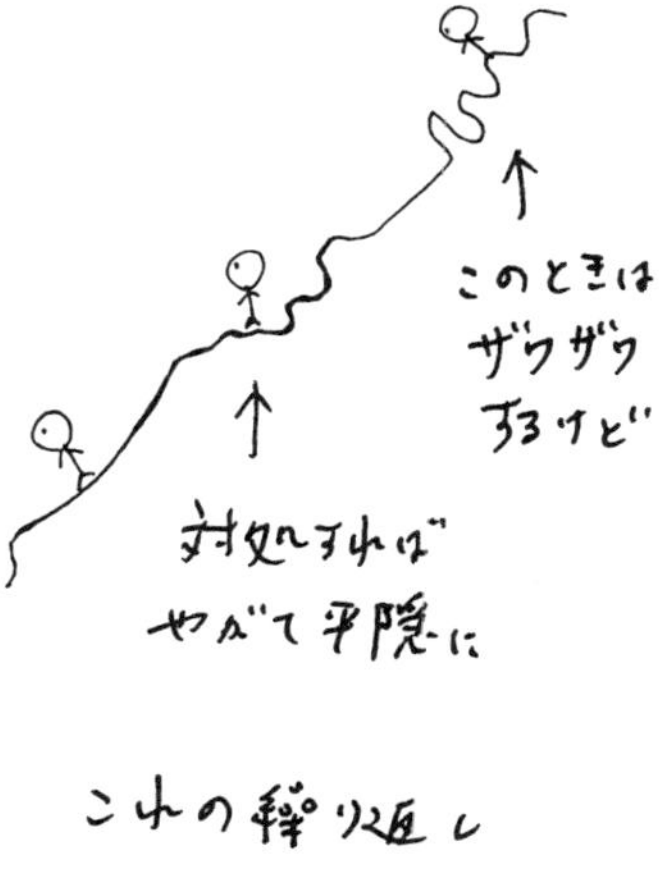
このときは
ザワザワ
するけど
対処すれば
やがて平穏に
これの繰り返し

こういう話をしていると、人生がどんどん面白くなってきて、毎日がとても楽しくなってくる。「これからは、こういう魂を高め合うような話ができない人とのランチは、もういいって感じなの」とNピーちゃんも、私たちと似たようなことを言っていた。

そう、そしてさらに、私にとってすっごくうれしい話があったのです！　Nピーちゃんのおかげで。こんなことになるとは！！！　という思わぬ話でとてもうれしい。

なんか……瞑想の力、やっぱりあるかも！！！　だって、たった数日でずいぶんいろいろな展開が起こってる。ここでウーちゃんがカードを出して、「帆帆ちゃんのこれから」としてカードをめくったら、「meditation（瞑想）」のカードが出た。ギョエ〜！！！

それから3人で近くの神社へ。お財布に入っている紙幣を、そこにともっているお線香であぶると何倍にもなって返ってくる、というお社があったのでお財布をのぞいたら、今日はいつもよりたくさん入っていた。出がけになんとなく紙幣を足したのはこのためだったか……。

11月23日（木）

きのうNピーちゃんからいただいたうれしい提案を彼に話す。

やっぱり、瞑想……ある気がする。この数日間のタイミングのよさと解決の早さを思うと瞑想の効果としか思えない。だって、それより前と変えたところは「瞑想を再開した」ということだけだもん。


今日は、友人のクルーザーに乗りに行った。

絶対に風邪を引きたくないので、海風から身を守るためにモコモコの厚着をする。オレンジのフリースに迷彩柄のパンツ（中が起毛であたたかい）……変な格好……まあいいか。

友達の家で待ち合わせをして、女子は私の車に、男子は友人の車に。

「え、あなたたち、その車で行くの？」という、これまた派手な車を出してきた友人。友人は車好き。このどでかい車を運転手なしで運転するって……さすが……枠がない……。彼には、「恥ずかしい」という感覚になる脳内回路が壊れている。

あり得ないスピードでぶっ飛ばす友人の車を必死で追って、マリーナに着いた。

空が青く、気持ちがいい。海は、水は、いいねえ……。

風もそれほど冷たくない。シャンパンで乾杯して、軽く湾内を走って、すぐに戻る。

今回の出張シェフもとても美味しかった。


私はそこから超特急で東京に戻り、夜は披露宴のときに映像制作をしてくれたG社の皆さまと打ち上げをする。夫は、G社のK社長ときのうは深夜まで飲んでいたそうで……そして翌日の今日は一緒にゴルフで……今もすごく楽しそう。

改めて、この会社のみなさんのおかげで、披露宴は意外な方向へ盛り上がりを見せた。

本当にありがとうございます。一生、忘れません！
「なにかのときには恩返しだね」と、あれからずっと彼と話してる。

11月24日（金）

今日からプリンスを実家に預け、私は完全なる仕事モードに入る。いよいよ、新刊の執筆再開。

テーブルに挟んで使う子供用の椅子をセットして、はじめて大人と一緒の机に座らせてみた。ようやく少し、腰が座ってきた気がする。それから、キャスターがついていて、足を動かすと自分で移動できる歩行器のような椅子、これは実家用にもひとつ買わなくちゃ。

ヨチヨチ歩きなのに
あるとき突然
何かに向かって
ダッシュ!!
かなりの速さ

1/29 病院での誕生日

1/14 鉄

3月　仕事部屋、机が入る前

1/28 病院抜け出しの誕生日

3/3 ガラスのテーブル 260×90㎝

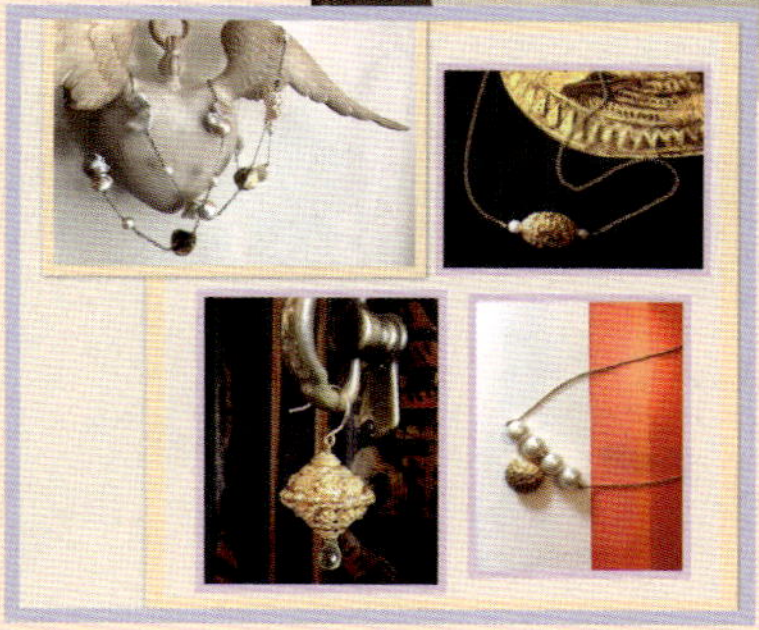

出産直前の夜中にデザインしたAMIRIの新作

絵になった猫と木のシルエット

3／12　ベビーシャワー

ダイジョーブタのクッキー……感動

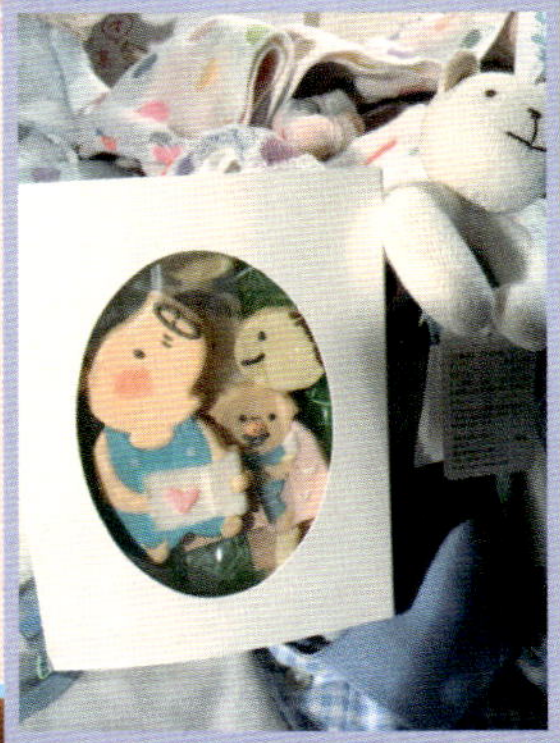

ひま〜〜だったゴールデンウィーク

4／17　ムーミンの小皿

出産前日の夕食とチョコレートケーキ、完食

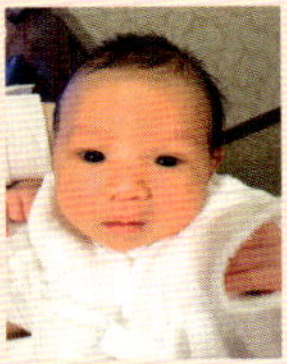

バルーンは2ヶ月ももった

次々と集まってきた
ヨットモチーフ

はじめて家の外へ

はじめてのバギー

7／16　ポートレートモード

セドナからの石を歯固めに

8／29　お食い初め

↑なんとか仕事の
体制を……

この混沌から、
←宇宙とつながる↓

7／4　見ただけで上がった
ママさんの……

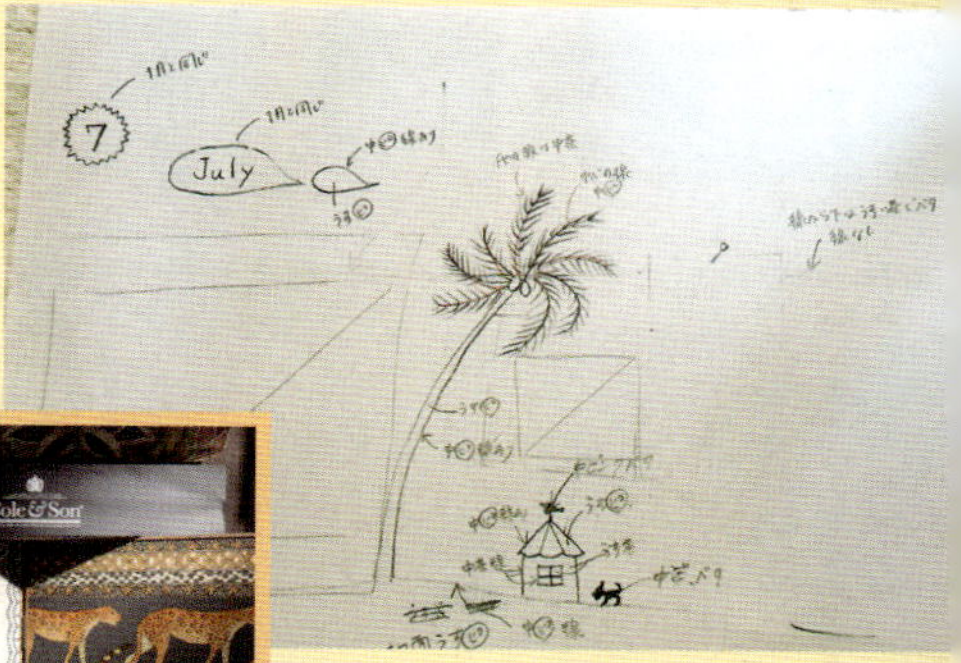

大変だった頃に描いていた
手帳のデザイン

9／19　子供部屋とサロンの壁紙

披露宴準備

9／17　ブドウ

10／13
iki Rikiのブレスレット

ドレス用にはじめに考えていた髪型
↓断念

9／14
書斎館

10／4　オルゴール！船が
磁石で音楽に合わせて動く！

10／29　披露宴

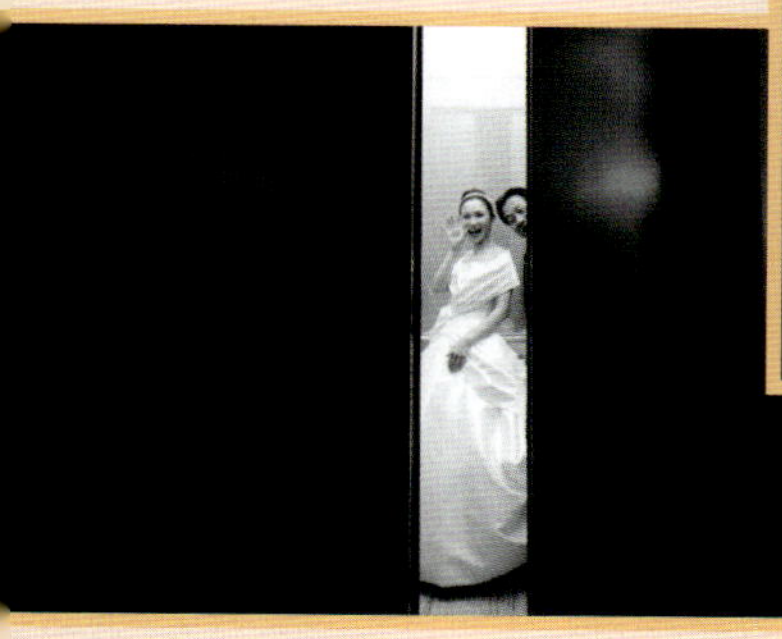

9／8　アメブロ始める

11／11　お墓参り

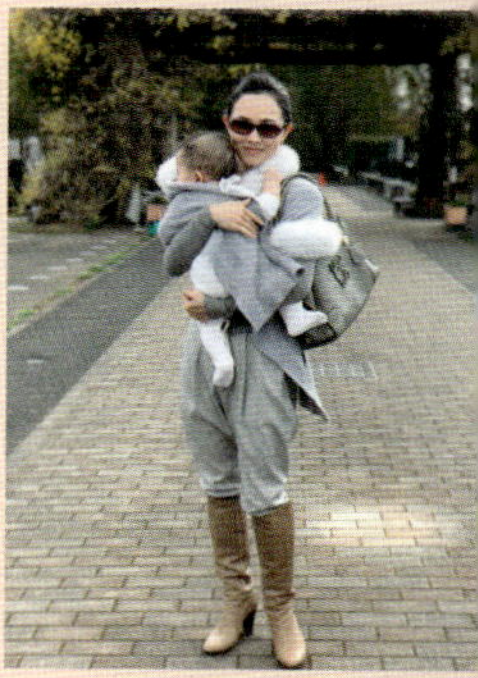

12／6　クッキー

11／23
今冬に活躍した
耳あて

帽子とベスト
fromグランマ

12／13　ほとんど私のお腹に‥

First Christmas

2/17　ホホトモ
ァリスマスパーティー

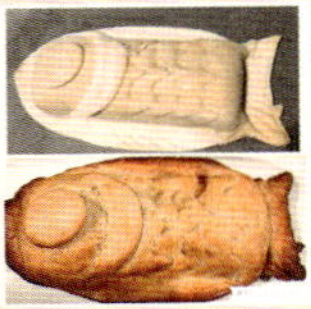

12/1　飛行機が包まれた虹↑
と「ノーマン・ザ・スノーマン」↓

2/8　「ピカール」の
ーモンパイ

2/7　ベルギー大使館前

友達からプレゼントのヨット

12/24　セドナより

セドナからの
今お気に入りの石

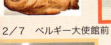

11月25日（土）

きのうは、久しぶりに執筆に没頭できた。すでに1年以上お待たせしているこの本。ようやくまた気持ちが乗ってきた。執筆の前に瞑想もしたし。

思うに……、このあいだ瞑想を始めたときに見た「アウト・オン・ア・リム」のおかげで、新刊への気持ちがどんどん盛り上がっている。

やっぱり、「そろそろ執筆を再開するから気持ちを盛り上げたいな」と思っていたことが、あの映像を見つけることになったんだと思う。

さて、今は夜中（明け方）の4時。外はまだ真っ暗。またしても、夜中に突然目が覚めたので、共同通信の原稿を書いて、他にも雑用をちょこちょこしたところ。

瞑想を始めてから、こうして夜中に突然目が覚めることが増えた気がする。数日前もそう、夜中に突然アメブロの更新をしたし……。

なんなんだろう……。夜中に覚醒！　朝、ほぼ巫女。

11月26日（日）

今日もプリンスを実家へ。

先月会った、中学の同級生Y君から「鹿児島市立科学館というところでやっている『ビューティフル・プラネット』という映像がすっごくよくて感動した、本当に宇宙に行ってきた、日帰りでも見に行く価値あり」というラインがきた。

ピンときたので、見に行くことにする。現在、日程調整中。

11月27日（月）

７月に出産したＲちゃんが、子供のＲ１ちゃんと一緒に遊びに来てくれた（Ｒ１って……ヨーグルトみたいだけど、どちらもイニシャルがＲなので）。

子供たち、初対面。並んで寝かせると……プリンス、大きい、大きすぎる……。もともと身長も体重も標準より大きい子なんだけど、軽くて赤ちゃんらしいＲ１ちゃんに比べて、プリンスはみっちりと重そうにつまっている。女の子と男の子の違いもあると思うけど。

最近気に入っているモスグリーンのウールのつなぎを着て、ポッコリのお腹とお尻でゴロゴロと転げまわるプリンス。かわいいＲ１ちゃんに果敢ににじりより、お腹のあたりをさわっていた。

ちょっと！　女の子をあまりさわらないで……とすでに私は男の子の親。

11月29日（水）

「ビューティフル・プラネット」を見るための鹿児島行きの件、ネットで調べてみたら、ＩＭＡＸシアターという機械とプラネタリウムが合わさっていることが、すごく珍しいらしい。

３６０度の大パノラマ。そこに広がる宇宙空間。

彼にアック語っていたら彼も行きたいというので、Ｙ君の奥さんも一緒に４人で行くことにした。

12月半ばに決行。

最近の彼の生活すべてを占めている、ＮＹＵのパーティーまであと少し。
私「ここまでくると、披露宴のときと同じで、もう心配することはほとんどないでしょ？」
彼「いやいやいやいやいやいや、当日までハラハラですよ……」
私「……そうだね。たしかに、私も当日の朝まで映像チェックしてたしね。あれはプライベートだからなにかあっても問題ないけど、仕事だと緊張感は倍だね」
彼「あのさ……仕事じゃないんですけど（笑）」
そうだった……完全なるボランティア。たまたま会長になった今年にこんなにビッグなイベントの開催国が日本だなんて……。
彼「ビックリだよね……」
私「つまり、そういうことなんだよ……（笑）。やる流れになっていたんだよ、はじめから」
ここにくるまでに、いろいろな人の動きや思惑があったようで、まとめると、男の世界ってホントに大変そう。
でも結論としては、ネガティブな動機で動く人や、人の足を引っ張ることだけが目的の行動をとる人は、たいてい自滅していくから大丈夫。それが世の道理。

12月1日（金）

今日は、明日のNYUパーティーの前夜祭。コンラッド東京で開会式があって、終わってから会食。

NYUの幹部的な人たちと、ニューヨーク本部のハミルトン学長ご夫妻や台湾のNYUアジア同窓会会長で財閥のクーご夫妻、などなど。

12月2日（土）

今日が当日。「頑張ってね～」と夫を送り出し、私は仕事。

途中、カンファレンスの様子の写真が送られてきた。都知事もいらしてくださったし、パネリストたちのモデレーター&司会としてお願いしていた、イギリス在住のRさんも完璧だったそう。

司会がこの人に決まるまでも、とにかくいろいろあったみたいだけど、最終的にRさんになって本当によかったね。

夜のGALAパーティーから私も参加。

公の場で動いている夫を久々に見た。英語での進行役もよかったし、あんなに大騒ぎしていた「ラ・ラ・ランド」のフラッシュモブも成功していた（これを私たちの披露宴でもやろうとしていたなんて……無謀すぎる……）。

チャリティオークションも盛り上がったし、いらしている皆さまも楽しんでいたようなのでよかった。

文部科学大臣の奥様が隣の席にいらしたんだけど、オークションにご自分の描いた絵を出品なさっていて、その絵がとってもよかった。

世界にキャンパスがあるって、いいね。世界中から同窓生が集まるんだね。

お疲れ様。本当に本当にお疲れ様。

12月3日（日）

夫、脱力の一日。

「仕事以外でこんなにエネルギーを注いだの、はじめてかもしれない」という夫のために、美味しい食事を作る。

夕食のあと、クリスマスツリーを出す。天井まで3メートル近くあるので一仕事。リースも、実家で使っていた大きなもの（1メートルくらい）はかけるところがないので、小さいのだけ出す。

他にも、NYUのパーティーが終わったらやってもらおうと思っていた、夫に頼みたい力仕事が満載。

12月6日（水）

この数日、新刊の執筆に集中している。

廣済堂出版のIさんから「エシレ・メゾン デュ ブール」のクッキーが届いた。これが噂の……。

私の好みの鳩サブレ的なバタークッキー。

ロシアがオリンピック出場停止になった。

たぶん、これくらいしないと、わからないのだろう。ここにくるまでにいろんなことがあっただろうし。

そしてもうひとつ、ビックリする事件がニュースに。

ほんの少し裏側を知っている私たちはちょっと複雑……。一般には、これが真実として伝わっていくのだろうな、と思うと、ますます操作されたメディアの情報や、意図的に誰かをおとしめることができる体制の恐ろしさを思う。

12月7日（木）

昼間、友達がうちに遊びに来る。

プリンスへのお祝いに、大きな水晶の球をいただく。

そのあとに来てくれた友達は、繊細なシルバー細工のリーフ。どちらも素敵。

夜はベルギー大使館へ。安倍昭恵さんのベルギー勲章受章式。

ベルギー大使の言葉を借りれば、「著名人としてためらうことなく、女性の活躍推進のためにリーダーシップを発揮した」ことが表彰された。昭恵さんは「これは活躍している女性のみんなが受賞したのだと思う」と話されていた。

なぜか、大使館の入り口には、巨大な「しょんべん小僧」の像が……。

12月8日（金）

1月にハワイに行くので、プリンスのパスポートを取りに行く。ちょうど、私も夫も切れるので、一緒に更新。

夜は、ウー&チーとママ、といういつものメンバーでクリスマス。

今回は、「ピカール」というフランスの冷凍食品のお店で食料を調達。マッシュルームといんげんのバターソテー、オニオンスープ、サーモンパイなど。エシレ・メゾン デュ ブールのバターや美味しいクロワッサンも。

12月10日（日）

これから仕事。まず、実家にプリンスを預けて、夫と近くのパン屋で朝食。

お昼用にクロワッサンを買う。


なにかを実現させるとき、実は「行動よりもイメージのほうが重要」だと思う。もちろん、最後は行動しなくちゃいけないのだけど、先に充分にイメージができていること。行動するのはそのあとだ。

それがそうなる（実現する）ということを充分にイメージできていないと、自分を信じ切れていないまま動き出すことになるので、途中で不安になったり迷ったりしやすい。なので、そこで引き寄せられてくるものも曖昧《あいまい》で、見事に心のブレが反映されている。

でも、充分にイメージができてそれを信じることができ、気持ちが高まってくると、ほうっておいても勝手に動きたくなる。そして迷いがない分、引き寄せてくるものも早くて明確。

だからまず、自分の気持ちを充分に盛り上がらせること。いてもたってもいられなくなるくらい楽しい映像を心に見ること。

プリンスのファーストクリスマスに、Nご夫妻からハロッズのクマのぬいぐるみが届いた。大きな赤いクリスマスの靴下も。
クリスマスカードをやっと全部書いた。

12月11日（月）

茶道の先生が100歳を迎えられたので今日が最後の茶道。
プリンスも連れて、みんなでご挨拶。

帰りに、パパさんの部屋に昔からあるヨットの模型を「もう捨てる」と言うので、もらうことにした。ものすごく気をつけて車まで運んだのに、最後、トランクに入れるときにバキッとぶつけてマストの先端が折れる。

午後、出産のときにお世話になった先生がオフィスに遊びにいらっしゃった。

12月13日（水）

有料メルマガの「まぐまぐ」の「浅見帆帆子の宇宙につながる話」が、まぐまぐ大賞2017「こころ部門」で1位をとった、と連絡があった。……へ～、びっくり。

あのメルマガは、私が心の中をじっくり書くつぶやき、というか、心をさらけ出す「秘密の小部屋」みたいになっているので、あんなにプライベート感あふれるものが、公の賞をいただくなんて、え？　という感じ。

アメブロとかまぐまぐとか共同通信とか、それぞれの媒体にそれぞれのよさ（エネルギー）がある。

今日はこれ、とそこに向き合うと、同じ内容を書くときでも違うところにスイッチが入って、違う言葉や表現が出てくるのが不思議。

まぐまぐについても、はじめはいまいち感覚がつかめなかったのだけれど、手探りで書いているうちにだんだんと、「しっくりくる感じ」になった。そういうのってある。コネコネしているうちに見つかる、みたいな。

アーティストのママさんは、陶芸用の土をこねているときに、最初はよくわからず手の中でもてあそんでいるのだけど、そのうちそれがふと形を成して、とってもいいものができあがるときがあるという。それをあとから創り直そうとしたり、手を加えたりするといい感じがなくなってしまうんだって。そしてそれは、絶対にはじめから頭で考えても出てこないのだそう……。

夜は、披露宴に出席できなかった夫の友人たちに、またまた結婚をお祝いしていただいた。男性6人、女性1人（私）で10号サイズのイチゴケーキ入刀……ありがとうございます。男性ばかりだったのでお持ち帰りにして、ほとんど私のお腹に収まる、という……。

12月14日（木）

ああ、なんかやる気が出ない～。最近、こういうこと、多い。

なんかこう、パーッと未来に向かっていく変化がないかなあ、と思う。

早く「秘密の宝箱計画」に進みたい気持ちはあるんだけど、それこそまだイメージが充分ではないので、今動き出したら見切り発車。

友達のラインを読んで、ちょっと気持ちが復活した。

スマホを手にニヤニヤしている私を不思議そうに見ているプリンス。

新刊は順調に進んでいる。

合間にちょこちょこ「アウト・オン・ア・リム」を見たりして。

12月17日（日）

今日はファンクラブの「ホホトモ クリスマスパーティー」。

このパーティーも今年で4年目。今年だけは、披露宴のこのティアラをつけても許されるだろうと思い、それに合わせて白の衣装にした。

ホホトモさんのエネルギーが、年を経るごとによくなってきている気がする。大きなひとつの家族みたい。

12月21日（木）

今日は鹿児島へ行く日。

7時半の便で鹿児島空港へ。行きの飛行機の中で、夫と話す。

「分散化するシステム（たとえばシェアリングエコノミーなど）が一般的になって、これまでの『お金』とは違うことに価値を見出す人がどんどん増えると（実際、私のまわりにはそういう人たちがいっぱい！）、あらゆることに選択肢が増える。まずは生活スタイルが選べるようになって、最後は経済システム自体を選べるようになるので、私の好きな〝みんな違ってみんないい〟が本当の意味で実現できるようになるね」

「個人でも団体でも、これまでパワーを持っていた中央とかトップのようなものが、価値や情報をコントロールする時代ではなくなって、個人が価値自体を作れるようになってきた。結局最後には、自分の本当に好きなことやワクワクすることを追っていい→追っていてもうまくいく↓追っていなくちゃうまくいかない　という方向になっていくね」という話。

窓から外を見たら、飛行機が虹の中にすっぽり包まれていた。

着いて、私たちはまず霧島神宮へ。

寒い、でも、飛行機と車でボーッとした頭がシャキッと引き締まる。

「木の一部が拝んでいる神主さんの形に見える、有名なあの場所」も見て、すぐに空港へ戻る。

そしてY君夫妻と合流。

実は、今日はちょっと体調が悪い彼……大丈夫だろうか……。

レンタカーで鹿児島市立科学館へ。

空港から車で1時間ほどで着いた。

科学館にありがちな、ガラーンと感。ほんとに、ここまでよく来たね、私たち。

「ビューティフル・プラネット」が始まるまで、中を見学……ムーン……(笑)。

満を持して入ったIMAXシアターは、私たちの他に2組くらいしかいない貸し切りだった。

そして「ビューティフル・プラネット」……すっごくよかった。

大パノラマに広がる宇宙、あまりにもリアルなリアルさ。この広大な宇宙の前では「私はこれから何をしたいのか」ということを自ずと考えさせられる。

「よかったぁ、来てよかったね」「本当に宇宙に行ってきた！」と言いながら外に出ると、次の上演のチラシが貼ってあった。

「ノーマン・ザ・スノーマン　～流れ星のふる夜に～」

せっかくここまで来たから、これも見ようということになる。


人形を一コマずつ動かして撮影するレトロな映画。

自分の住んでいる町に流星群がやってくるのに備え、主人公の男の子が流れ星になにを願おうかと準備をする。彼をガイドする物知りなおじいさんのような存在に、男の子は聞く。

「流れ星にお願いをすると、かなえてくれるんでしょ？」

するとおじいさんは答える（メモをとっていたわけではないので、言いまわしは正確ではないかもしれません）。

「流れ星が願いをかなえてくれるわけじゃないんだ、
流れ星が降るときもそれを思っているくらい、
いつもそれを思っているからかなうんだ。
流れ星に願いをかけるというのは、今、それを思うということなんだよ」

びっくり……これは引き寄せの法則の話じゃないか！　それも究極の、引き寄せの法則の奥義。感動……今日はこっちを見るために来たと思った。

12月22日（金）

今日も寒い。しんしんとした冬の朝。あったかいコーヒーを淹れる。

きのうはあのあと、鹿児島でラーメンを食べて帰ってきた。

「もうすぐ流れ星が降るかな」

とか言ってる彼。

きのうの「ノーマン・ザ・スノーマン」、あれは私が引き寄せたなと思う。

新刊について充分に気持ちが高まりますように、と思っていたら、「アウト・オン・ア・リム」を見つけ、その途中途中に瞑想が入り、そして最後は新刊に必要なメッセージがつまっているこの映画にたどり着いたなんて……。

12月23日（土）

仕事。

「流れ星に願いをかけるというのは、今、それを思うということなんだよ」

という言葉を思い返しながら。

12月24日（日）

朝からクリスマスディナーの準備。

七面鳥は毎年作っているので大丈夫。

中身を刻んで鶏のお尻からぎゅっぎゅとつめて竹串で閉じ、オーブンへ。付け合せの野菜をたっぷり。今年はプリンスもいるので、あとはそれなりに手を抜いた。ケーキは頼んでおいたものが届いた。

食事のあと、ツリーの下に積まれたおもちゃを開ける。

ほとんどすべて、プリンスへのプレゼント。手描きの絵がたくさん描かれたハンガーとか、絵本やぬいぐるみ。

私と彼からは、音の鳴るおもちゃをいくつか。セドナで素晴らしいガイドをしてくださったYさんからは、靴が届いた。ネイティブ・アメリカンらしい房がついている茶色のスェードの靴。

写真や動画を撮りまくって、ヘトヘト。私くらいでこうだから、もっと女子力全開の世のお母さんたちはすごいだろうな、とか思う。

12月25日（月）

はあ、きのうは食べすぎた。

午前中は、プリンスと転がる。みっちりつまってコロコロしたプリンス。今日もニコニコ。

夜はコバケンさんの第九を聴きに行く。

第一部にパイプオルガン。ああ……いい、本当に好き……、パイプオルガン。

私「はじめの第一音から泣けるくらい」

夫「え……それはすごいね」

こういうのを聴くと、またピアノを弾きたくなる。今はそんな時間、まったくないけど。

第二部の「歓喜の歌」は言うに及ばず。幸せと喜びと感謝を楽譜にするとこの旋律という。

中学のときの国語の先生にバッタリ、お会いした。名刺をいただいたら、なんか、偉くなってた。

楽屋に会いに行って、帰る。

車の中、第九を聴いたあとのお決まりで、あのサビの部分を熱唱。

12月28日（木）

はあ……、やらなくちゃいけないことがなにもないこの感じ、本当に久しぶり！

新刊は9割は書けたので、しばらく寝かせる。熟成期間だ。

ようやく、クリスマスツリーをしまう。

体力が持つところだけ掃除をする。今年は慣れない育児で、どうしても家が散らかっていたので来年からはもう少しスッキリさせたい。

12月31日（日）

大みそか。
夫「いやあ、今年は忙しかったね」
紅白をつけてお酒を飲みながら夫が言う。
私「ほんとに……。しつこいけどね、出産した年に披露宴って、よくやったよね」

夫「ね……。これまでの人生で一番忙しかった気がする……」
駆け抜けた感……。まだ余波はあるけど、とりあえず一段落。今は落ち着いて、先を見据えたい気持ち。なんとなくだけど、私、数年後には、まったく別のものになっているような気がする。執筆は変わりなく続けていると思うけれど、全然別のポジションへ。
「ボクも……」と夫も言う。そうだよね……、そうだと思う。新しいなにかへのチャレンジ。
私は、自分のパートナーにはいつもなにかにチャレンジしていてもらいたいと思っている。生ぬるい中で安定したなにかを維持するだけ、というのは、せっかくの人生もったいないし、自分の興味のあることへいつでも自由に向かっていって欲しいし、そういう気持ちを持っている人が好き。なので、一段落したこれから、いよいよ、という気がしている。
夫「それだよ、その根拠のない自信！（笑）」
私「……ああ、あれね、はいはい（笑）。でも根拠はあるんだよ？　……見えてるから」
夫「……それだよ、そのいい加減な根拠！」

よいお年をお迎えください。

あとがき

2017年はこれまでの人生の中で一番？　と感じるほど、忙しい1年でした。当時を思い出すと、あの慌ただしさに今でもドキドキするほどです。

出産とその後の新生児育児には、思わぬ世界が広がっていました。日々追われる日常の隙間から宇宙へのつながりを求め、混沌とした目の前の「今」から未来を妄想した数ヶ月でした。

後半のメインイベントとなった「結婚披露宴」は、全員が主役の「大人の文化祭」でした。地味にしっぽりと大人の式をするはずだったのに……（笑）。盛り上げてくださった皆さま、ご出席くださった皆さまに、心から感謝申し上げます。

そして、こんなプライベート満載の2017年でも変わらずに応援してくださり、次の本を楽しみにしてくださっていた読者の皆さまに、いつも以上に支えられた1年でした。

廣済堂出版の皆さま、編集の伊藤岳人さんにも、変わらず&引き続きの感謝を込めて。

それではまた来年♪

2018年酷暑　軽井沢にて

浅見帆帆子

本書は書き下ろしです

著者へのお便りは、以下の宛先までお願いします。
〒101－0052　東京都千代田区神田小川町2－3－13 M&Cビル7F
株式会社廣済堂出版　編集部気付
浅見帆帆子　行

公式サイト
http://www.hohoko-style.com/
公式フェイスブック
http://facebook.com/hohokoasami/
まぐまぐ「浅見帆帆子の宇宙につながる話」
http://www.mag2.com/m/0001674671.html
アメーバ公式ブログ「あなたは絶対！運がいい」
https://ameblo.jp/hohoko-asami/

育児の合間に、宇宙とつながる

毎日、ふと思う⑰　帆帆子の日記

2018年10月10日　第1版第1刷

著　者 —— 浅見帆帆子
発行者 —— 後藤高志
発行所 —— 株式会社廣済堂出版
〒101－0052 東京都千代田区神田小川町2－3－13　M&Cビル7F
電話03－6703－0964（編集）　03－6703－0962（販売）
Fax 03－6703－0963（販売）
振替00180－0－164137
http://www.kosaido-pub.co.jp
印刷・製本 —— 株式会社廣済堂

ブックデザイン・DTP —— 清原一隆（KIYO DESIGN）

ISBN978-4-331-52186-1 C0095

定価はカバーに表示してあります。
落丁・乱丁本はお取り替えいたします。